Goethe in Gesellschaft

und sein Verhalten zu den Menschen im allgemeinen

Wir kennen Goethe nur aus seinem schriftlichen Werk. Das ist die Quelle, aus der wir schöpfen. Auf seine Zeitgenossen wirkte Goethe nach allen Zeugnissen jedoch mehr noch durch seine Persönlichkeit. Viele sagen, die Begegnung mit ihm sei der größte Moment ihres Lebens gewesen. Es lohnt deshalb sicherlich der Versuch, sich Goethe einmal leibhaftig vorzustellen, um auch daraus womöglich Gewinn zu ziehen. Wie wirkte er? Wie teilte er sich seinen Mitmenschen mit? Diese Betrachtungsweise läuft letztlich auf eine Art Charakterstudie hinaus.

Um eine Vorstellung von Goethes Erscheinung zu bekommen, bietet etwa Thomas Manns Roman *Lotte in Weimar* sogleich eine Möglichkeit. Nach einer anfänglichen Spiegelung von Goethes Person in den Gesprächen verschiedener, ihm nahestehender Menschen läßt Thomas Mann Goethe schließlich als Gastgeber auf einem seiner vielen Empfänge hervortreten, den er in diesem Falle zu Ehren der aus Wetzlar angereisten Charlotte Kestner geb. Buff gibt, der Lotte seines Briefromans *Die Leiden des jungen Werthers*.*)

*) Im 8. Kapitel der Werkausgabe Band II, S. 711–747, der Einzelausgabe S. 351–381

Da erscheint Goethe erst, wie gewohnt, als alle Geladenen vollzählig versammelt sind. Die Schilderung Manns beginnt mit Goethes Äußerem nicht viel anders, als wir es kennen: in einen schwarzen Frack gekleidet, mit einem Stern – das ihm 1816 verliehene Großkreuz des Großherzogtums – auf der Brust, die Hände auf dem Rücken gefaltet, mit durchgedrücktem Kreuz, die Augen groß, dunkel und leuchtend, nähert er sich gravitätisch langsam seinen Gästen. Die Anrede an ihn erfolgt mit »Ihre Exzellenz«.

Selbstverständlich weiß Goethe sogleich seine Gäste im einzelnen herzlich zu begrüßen, für jeden ein Wort findend, doch eine gewisse Distanz ist dabei nicht zu überhören.

Bei Tisch – das ist dann das Hauptstück von Thomas Manns Schilderung – ist es vor allem Goethe, der spricht und die Gesellschaft unterhält. Seine Gäste hängen an seinen Lippen. Sie beugen sich vor, wenn er spricht, und spenden ihm jeweils Beifall. Was Goethe erzählt, ist durchaus unterhaltend und pointiert, zum Teil aber auch sarkastisch, ja zynisch. Er springt in seinen Reden mit den Gästen nach Belieben um. Ganz frei fühlen sie sich nicht. Erst wenn sie aus dem Haus sind, atmen sie auf.

Daß sich Goethe an seinen neben ihm sitzenden Gast, Lotte, nur mit unverbindlichen Allgemeinbetrachtungen wendet, ist ein weiterer Bestandteil der Szene.

Dabei geschieht es auch, daß Goethe die Krümel, die Lotte in ihrer Nervosität aus dem Tischbrot gedreht hatte, sorgsam zu einem Häufchen zusammenschiebt, gleichsam um damit »Ordnung« zu schaffen.

Nun, nach diesem von Thomas Mann entworfenen Bild –

als Roman in jedem Fall ein Meisterwerk –, möchte man allerdings sagen, daß einem ein Goethe, wie er uns aus seinen Werken entgegentritt, lieber ist als in leibhaftiger Gestalt. Dabei hält sich Thomas Mann noch durchaus in Grenzen. Man hört heute Urteile über Goethe, wonach er ein Egoist gewesen sei, gleichgültig gegenüber allem, was sich um ihn her im Leben und auf der Weltbühne abspielte, hochfahrend, über alle Maßen selbstbewußt, sich für den Größten haltend und niemanden neben sich duldend. Unter der heutigen Jugend gar trifft man auf Antworten wie: »Kommen Sie mir nur nicht mit Goethe!« Joachim Fest zitiert in seinem Essay *Goethes Fremdheit und Nähe* den von Barbara Frischmuth gewählten Vortragstitel *Goethe – Nein danke!*

Indes, sollte es nicht möglich sein, dieses betrübliche Bild zu ändern? Sollte das Goethebild mit der von Thomas Mann vorgenommenen Charakterisierung etwa unwiderbringlich besetzt sein? Gibt es nicht eine Fülle von Gegenbeispielen, die Goethe in einem ganz anderen Licht erscheinen lassen?

Da wäre beispielsweise an den Besuch des Österreichers Franz Grillparzer bei Goethe zu denken.

Grillparzer war fünfunddreißig Jahre alt, als er am 29. September 1826 vor den siebenundsiebzig Jahre alten Goethe trat. Er hatte bereits neun Jahre vorher in Wien mit seiner *Ahnfrau* Triumphe gefeiert, ein Jahr später mit dem Trauerspiel *Sappho*, dem er im Laufe seines Lebens noch neun weitere Theaterstücke folgen ließ. Grillparzer war also bereits ein bekannter Mann, als er Goethe aufsuchte. Goethe und Byron, der Engländer, hatten ihn auch bereits beifällig »im Kreis der Dichter« aufgenommen.

In seiner Selbstbiographie aus dem Jahr 1854 – achtundzwanzig Jahre später – schildert Grillparzer seine Begegnung mit Goethe:[1]

»Endlich kam ich nach Weimar und kehrte in dem damals in ganz Deutschland bekannten Gasthofe zum Elephanten, gleichsam dem Vorzimmer zu Weimars lebender Walhalla, ein. Von da sandte ich den Kellner mit meiner Karte zu Goethe und ließ anfragen, ob ich ihm aufwarten dürfe. Der Kellner brachte die Antwort zurück: der Herr Geheimrat habe Gäste bei sich und könne mich daher jetzt nicht sehen. Er erwarte mich für den Abend zum Tee.

Ich aß im Gasthause, durch meine Karte war mein Name bekannt geworden, und der Geruch desselben verbreitete sich in der Stadt, so daß es an Bekanntschaften nicht fehlte.

Gegen Abend ging ich zu Goethe. Ich fand im Salon eine ziemlich große Abendgesellschaft, die des noch nicht sichtbar gewordenen Herrn Geheimrats wartete.«

Grillparzer unterhielt sich zunächst mit einem der anwesenden Gäste.

»Endlich öffnete sich eine Seitentüre, und er selbst trat ein. Schwarzgekleidet, den Ordensstern auf der Brust, gerader, beinahe steifer Haltung, trat er unter uns wie ein Audienz gebender Monarch. Er sprach mit diesem und jenem ein paar Worte und kam endlich auch zu mir, der ich an der entgegengesetzten Seite des Zimmers stand. Er fragte mich, ob bei uns die italienische Literatur sehr betrieben werde.«

Es entspann sich darauf zwischen beiden eine Unterhaltung, bis sich Goethe anderen Gästen zuwandte. Er kam dann später wieder zurück, redete und »entfernte sich end-

lich, und wir waren entlassen«, wie Grillparzer fortfährt und dabei folgende Betrachtung anschließt:

»Ich gestehe, daß ich mit einer höchst unangenehmen Empfindung in mein Gasthaus zurückkehrte. Nicht als wäre meine Eitelkeit beleidigt gewesen. Goethe hatte mich im Gegenteile freundlicher und aufmerksamer behandelt, als ich voraussetzte. Aber das Ideal meiner Jugend, den Dichter des *Faust, Clavigo* und *Egmont* als steifen Minister zu sehen, der seinen Gästen den Tee segnete, ließ mich aus all meinen Himmeln herabfallen. Wenn er mir Grobheiten gesagt und mich zur Türe hinausgeworfen hätte, wäre es mir fast lieber gewesen. Ich bereute fast, nach Weimar gegangen zu sein.

Demnach beschloß ich, den nächstfolgenden Tag zur Besichtigung der Merkwürdigkeiten Weimars zu verwenden, und bestellte im Gasthaus die Pferde für übermorgen.

Des nächsten Vormittags kamen Besuche aller Art, darunter der freundliche und ehrenhafte Kanzler von Müller, vor allem aber mein Landsmann, der seit mehreren Jahren in Weimar angestellte Kapellmeister Hummel ... Während wir den Besuch einzelner Merkwürdigkeiten Weimars verabredeten und Kanzler von Müller, der meine Herabstimmung bemerkt haben mochte, mir versicherte, die Steifheit Goethes sei nichts als eigene Verlegenheit, so oft er mit einem Fremden das erstemal zusammentreffe, trat der Kellner ein und brachte eine Karte mit der Einladung zum Mittagsmahl bei Goethe für den nächstfolgenden Tag. Ich mußte daher meinen Aufenthalt verlängern und bestellte die bereits für morgen besprochenen Pferde ab ...

Endlich kam der schicksalsschwere Tag mit seiner Mit-

tagsstunde, und ich ging zu Goethe. Die außer mir geladenen Gäste waren schon versammelt, und zwar ausschließlich Herren, da Goethes Schwiegertochter, die mir mit ihrer frühgeschiedenen Tochter später so wert geworden ist, damals von Weimar abwesend war. Als ich im Zimmer vorschritt, kam mir Goethe entgegen und war so liebenswürdig und warm, als er neulich steif und kalt gewesen war. Das Innerste meines Wesens begann sich zu bewegen. Als es aber zu Tische ging und der Mann, der mir die Verkörperung der deutschen Poesie, der mir in der Entfernung und dem unermeßlichen Abstande beinahe zu einer mythischen Person geworden war, meine Hand ergriff, um mich ins Speisezimmer zu führen, da kam einmal wieder der Knabe in mir zum Vorschein, und ich brach in Tränen aus. Goethe gab sich alle Mühe, um meine Albernheit zu maskieren. Ich saß bei Tisch an seiner Seite, und er war so heiter und gesprächig, als man ihn, nach späterer Versicherung der Gäste, seit langem nicht gesehen hatte. Das von ihm belebte Gespräch ward allgemein, Goethe wandte sich aber auch oft einzeln zu mir. Was er aber sprach, außer einem guten Spaß über Müllners Mitternachtsblatt, weiß ich nicht mehr. Ich habe leider über diese Reise nichts aufgeschrieben ... ich habe von diesem, ich hätte bald gesagt: wichtigsten Moment meines Lebens, nichts als die allgemeinen Eindrücke im Gedächtnis behalten. Von den Tisch-Ereignissen ist mir nur noch als charakteristisch erinnerlich, daß ich im Eifer des Gespräches, nach löblicher Gewohnheit, in dem neben mir liegenden Stücke Brot krümelte und dadurch unschöne Brosamen erzeugte. Da tippte denn Goethe mit dem Finger auf jedes einzelne

und legte sie auf ein regelmäßiges Häufchen zusammen. Spät erst bemerkte ich es und unterließ denn meine Handarbeit.«

Beim Abschied forderte Goethe Grillparzer auf, nächsten Vormittag zu kommen, um ihn zeichnen zu lassen. Er hatte nämlich die Gewohnheit, alle jene von seinen Besuchern, die ihn interessierten, von einem eigens dazu bestellten Zeichner in schwarzer Kreide porträtieren zu lassen. Diese Bildnisse wurden in einen Rahmen, der zu diesem Zwecke im Besucherzimmer hing, eingefügt und allwöchentlich der Reihe nach gewechselt. Auch Grillparzer erfuhr also diese Ehre.

Als er sich am anderen Vormittag zu diesem Zweck einstellte, war der Maler noch nicht gekommen. Man wies ihn daher zu Goethe, der in seinem Hausgärtchen auf und ab ging. Grillparzer schreibt dazu:

»Nun wurde mir die Ursache seiner steifen Körperhaltung gegenüber von Fremden klar! Das Alter war nicht spurlos an ihm vorübergegangen. Wie er so im Gärtchen hinschritt, bemerkte man wohl ein gedrücktes Vorneigen des Oberleibs mit Kopf und Nacken. Das wollte er nun vor Fremden verbergen und daher jenes gezwungene Emporrichten, das eine unangenehme Wirkung machte. Sein Anblick in dieser natürlichen Stellung, mit einem langen Hausrock bekleidet, ein kleines Schirm-Käppchen auf den weißen Haaren, hatte etwas unendlich Rührendes. Er sah halb wie ein König und halb wie ein Vater aus.«

Beide unterhielten sich. Dann wurde das Porträt gefertigt, mit dem Goethe zufrieden war.

Nach Verabschiedung des Malers ließ Goethe durch seinen Sohn mehrere Schaustücke herbeibringen: den Briefwechsel mit Byron, sodann alles, was sich auf seine Bekanntschaft mit dem Kaiser und der Kaiserin von Österreich bezog; endlich das kaiserlich österreichische Privilegium gegen den Nachdruck für seine gesammelten Werke. Diese Schätze betrachtete Goethe offensichtlich mit Ehrfurcht. Besonders auf das Privilegium schien er großen Wert zu legen.

Goethe hatte mit der Erlangung dieses Vorrechts in der Tat etwas Außergewöhnliches vollbracht. Denn zu seinen Zeiten gab es bekanntlich noch kein Urheber- und Verlagsrecht; Autoren und Verleger genossen keinen allgemeinen Schutz gegen Nachdrucke. Das Nachdruckwesen blühte deshalb, besonders mit Goethes Schriften. Gewiß konnten die Landesfürsten für ihr Land dem einzelnen auf sein Gesuch hin Privilegien erteilen. Dies galt aber nur in dem betreffenden Land. Deutschland hingegen bestand aus neununddreißig Ländern.

Als nun Goethe eine neue Ausgabe seiner Werke bei Cotta vorbereitete, hatte er die Kühnheit besessen – wie zum näheren Verständnis an dieser Stelle eingeschaltet werden soll –, bei der Bundes-Versammlung der deutschen Staaten in Frankfurt eine Petition einzureichen, in der er darum bat, ihm für seine Schriften ein für alle Länder geltendes Privileg zu erteilen, wonach jeder Nachdruck unter Androhung von Strafe verboten war.[2]

Dieses Unternehmen war insofern gewagt, als es in Kreisen um Goethe auf heftige Kritik stieß: Goethe sei in diesem Gesuch in der eigenen Einschätzung zu weit gegangen, er

habe zu hoch gegriffen. Die Hervorkehrung derart materieller Ziele erschien Goethes Freunden als mit dem Bild des »Olympiers« unvereinbar. Noch in seiner Jugendzeit hatte Goethe selbst ein Bemühen, seine dichterischen Erzeugnisse zu Geld zu machen, als »abscheulich« empfunden, wie er in *Dichtung und Wahrheit* schreibt und wie er es auch in seiner Ballade *Der Sänger* zum Ausdruck gebracht hat.[3] Eine Stimme unter Goethes Kritikern sprach von einem rasenden Einfall, eine andere, der Gesandte Württembergs, von einem dunklen Fleck im Leben des bedeutenden Dichters.

Württemberg und Bayern setzten sich dem Begehren außerdem mit der Begründung entgegen, die Bundes-Versammlung sei kein kritisch-literarisches Institut; wenn sich noch andere melden sollten, komme man mit der Auswahl nur in Verlegenheit.

Die Nachdrucke indes brachten Autor wie Verleger nicht nur finanzielle Nachteile, sondern waren zudem oft mit üblen Fehlern behaftet, die sich vollends noch in ausländischen Übersetzungen fortsetzten.

Goethe war sich des Wertes seiner Arbeiten voll bewußt und kämpfte hier um einen entsprechenden Schutz, der heute jedem Autor zusteht. Goethe befand sich mit seinem Gesuch nur insofern auf falschem Wege, als die Bundes-Versammlung kein gesetzgebendes Organ, sondern eben nur eine Versammlung der neununddreißig deutschen Länder war, jeweils vertreten durch ihre Gesandten. Diese aber stellten sich, von vorgenannten Ausnahmen abgesehen, sogleich auf Goethes Seite und berichteten an ihre Regierungen, die darauf fast alle ohne Zögern die erbetenen Privilegien erteilten.[4]

Auch Bayern und Württemberg haben schließlich dem Wunsche entsprochen, nachdem Goethe dort gesondert nachgesucht und der Großherzog Carl-August seinerseits interveniert hatte. Württemberg allerdings hatte die Dauer des Privilegs auf eine Zeit von zwölf Jahren begrenzt, obwohl Goethe, in Vorsorge für seine Angehörigen, um eine Verleihung auf fünfzig Jahre gebeten hatte, dem auch die meisten anderen Staaten gefolgt waren. Manche Länder ließen den Schutz sogar unbefristet gelten, darunter auch Preußen. Metternich hatte seine Freude über all diese Maßnahmen Goethe eigens in einem Schreiben zum Ausdruck gebracht. Er war es auch, der sich für Goethes Anliegen beim Bundestag besonders eingesetzt hatte. (Die heutige Gesetzgebung gewährt dem Autor – im Vergleich – einen Schutz siebzig Jahre lang.)

Über Österreichs Privileg hatte sich Goethe nun besonders gefreut, weil es nach Inhalt und Form seinen Wünschen so recht entsprach.

Goethe hat Grillparzer also sehr wohlwollend behandelt. Nach dem Vorzeigen der österreichischen Erinnerungsstücke habe er ihn, wie Grillparzer schreibt, »auf das liebevollste« entlassen. Goethe hatte dann Grillparzer nochmals abends zu sich gebeten, der jedoch der Einladung nicht folgte, weil er sich nicht traute, einen ganzen Abend mit Goethe allein zu verbringen, was er später sehr bereute.

Diese Vorgänge lassen Goethe offensichtlich in einem freundlicheren Licht erscheinen. Im Gegensatz zu Thomas

Manns Darstellung zeigt Grillparzers Schilderung, daß sich Goethe, von anfänglichen Hemmungen abgesehen, seinen Gästen ganz ungezwungen reinen Herzens zu widmen vermochte.

Um diesen Eindruck zu erhärten, sei noch ein zweites Beispiel angeführt. Es handelt sich um den Besuch des jungen schlesischen Bühnendichters und Schauspielers Karl von Holtei, Verfasser gemütvoller Volksstücke (nicht zu verwechseln mit dem fünfzig Jahre früher lebenden Dichter und Lyriker Ludwig Christoph Heinrich Hölty, Mitglied des Göttinger Hainbundes[5]) im Jahr darauf.

Wie Holtei in seinen Lebenserinnerungen seinen Besuch 1827 in Weimar beschreibt, als er neunundzwanzigjährig dem beinahe achtzig Jahre alten Goethe gegenübertrat, hatte auch er, »von dem Diener ins Empfangszimmer hineingeschoben«, vor dem Treffen bange Minuten durchlebt. Besonders hatte er sich vor einer »stummen Audienz« gefürchtet, vor der er in Weimar gewarnt worden war, weshalb er am liebsten umgekehrt und, sich krank meldend, mit der Extrapost wieder abgereist wäre. Da war Goethe erschienen und man setzte sich. Nachdem von Holtei zunächst vergeblich versucht hatte, ein Gespräch in Gang zu bringen und Goethe eine Antwort zu entlocken, fiel ihm, wie er schreibt, zu seinem Glück ein, daß er in Paris gewesen war und dort den *Tasso* in der Bearbeitung von Alexandre Duval hatte spielen sehen. »Den *Tasso* machte ich zu meinem Zauberstab«, schreibt er »und siehe da, der Fels gab Wasser.«

»Aus Paris kommen Sie? Und was machen unsere Freunde, die Globisten?«

Damit waren die Mitarbeiter des französischen Journals »Le Globe« gemeint, einer Zeitschrift, die Goethe las und die seine Arbeiten stets gut besprochen hatte.

Auf diese spezielle Frage wußte von Holtei zwar wenig zu sagen, aber die Unterhaltung kam in Fluß. Als er gar berichtete, daß über die Aufführung des Duvalschen *Tasso* ein Kritiker geschrieben habe, Monsieur Duval habe »Schillers *Tasso*« verstümmelt, habe Goethe wirklich gelacht und aus den zehn Minuten, die ihm als längste Audienzfrist vorgeschwebt habe, sei eine rasch durchplauderte Stunde geworden.

Goethe habe ihn dann noch zum Abendessen eingeladen, bei dem außer August von Goethe, Goethes Sohn, zwar nicht dessen Gattin, aber deren Schwester, Fräulein Ulrike von Pogwisch, und der Kanzler von Müller sowie Professor Riemer anwesend gewesen seien. »Der Alte sprach viel und trank nicht wenig«, fährt von Holtei fort. Die Unterhaltung sei lebhaft, ungezwungen und ohne Prätention gewesen. Das Dessert habe noch nicht auf dem Tisch gestanden, als er sich schon vollkommen eingebürgert sah. Später seien noch Goethes Enkel Walther und Wolf erschienen, um, vom Großvater aufgemuntert, allerlei Schwänke zum besten zu geben und auch einige Lieder aus seinen – von Holteis – Stücken zu singen.

Er habe noch häufig an Goethes Gesellschaften als Gast teilgenommen. Wenn er dabei auch gelegentlich mit seinen freimütigen Äußerungen angeeckt sei, so sei er doch dem Vorwurf der Ziererei entgangen, den so viele in ähnlicher Lage auf sich geladen haben.[6]

Obwohl also Holtei schon einen Namen hatte und seine

Wolfgang Klien

GOETHE

Inhalt

»… und hat damit eine Therapie vorgelebt,
die jeden gesund machen kann.«

W. Kl.

Bildnachweis
Archiv des Autors: S. 149; Freies Deutsches Hochstift – Frankfurter Goethe-Museum: S. 129 (Foto: Siegfried Hartig), 213; Goethe-Museum Düsseldorf: S. 51, 67, 106, 117, 157 (alle Fotos: Walter Klein); Hamburger Kunsthalle: S. 153 (Foto: Elke Walford); Stiftung Weimarer Klassik: S. 32, 47 (Foto: Klaus G. Beyer), 94 (Foto: J. Pietsch), 104, 118, 130, 137 (Foto: Sigrid Geske), 140, 178, 183 (Foto: Sigrid Geske), 195, 205, 208

Der Verlag konnte in einzelnen Fällen die Inhaber der Rechte an den reproduzierten Fotos nicht ausfindig machen. Er bittet, ihm bestehende Ansprüche mitzuteilen.

Schutzumschlaggestaltung: Atelier Bachmann & Seidel, Reischach
(Motiv: Johann Conrad Seekatz, »Die Familie Goethe in Schäfertracht«, 1762, © AKG, Berlin)
Satz: ew print & medien service gmbh, Würzburg
Gesetzt aus New Caledonia Regular 10/13 pt
Druck und Binden: Graphischer Großbetrieb Pößneck GmbH
– Ein Mohnbetrieb –
Printed in Germany
ISBN: 3-7844-2703-0

Wolfgang Klien

»Er sprach viel und trank nicht wenig«

GOETHE

Wie berühmte Zeitgenossen ihn erlebten

Mit 22 Abbildungen

Langen Müller

Lieder sogar von der Jugend gesungen wurden, obwohl Grillparzer bei seinem Besuch bereits in Wien mit seinen Stücken gefeiert worden war, wirkte Goethes Persönlichkeit doch so stark, daß beide Besucher vor ihm zunächst bangten, ja bis Goethes Güte und Milde hervortrat und ihnen die Befangenheit nahm.

Es gibt natürlich auch Fälle, die der Schilderung von Goethes Wesen in Thomas Manns Roman entsprechen.

So hat Goethe den neunzehn Jahre alten Franz Theodor Kugler, den nachmaligen Verfasser der Lebensgeschichte Friedrichs des Großen, sehr konventionell und steif empfangen.[6]

Thomas Mann selbst spricht in seinem Essay »Goethe und Tolstoi« in *Adel des Geistes* von dem bösen Eindruck, den ein junger Schauspieler namens Friedrich bei seinem Besuch in Weimar von Goethe hatte, von dem er sich bei Schiller Erholung suchen mußte und auch fand. Schaeffer und Göres geben in *Goethe – seine äußere Erscheinung* einen Fall wieder, in dem Goethe, um den Besuchern seine Gleichgültigkeit zum Ausdruck zu bringen, die Daumen gedreht hat.

Die kälteste Dusche hatte wohl Karl Heinrich Ritter von Lang über sich ergehen lassen müssen, als er 1825 dem sechsundsiebzigjährigen Goethe seine Aufwartung machte. Lang war als Historiker Leiter einer Kulturbehörde in München gewesen und jetzt Kreisdirektor in Ansbach. Goethe empfing seinen Gast um halb ein Uhr mittags im Schlafrock und blieb »steinern« und »tonlos«, ohne auf die von seinem Gast angeschnittenen Gesprächsthemen einzugehen, bis er ihn unvermittelt fragte, wie es um die im Ansbacher Bezirk bestehende Brandversicherungsanstalt und um ihr Feuerlöschwesen bestellt sei, von dem er alle Einzelheiten wissen wollte. Anlaß für dieses absonderliche Verhalten dürfte das »mit untertänigsten Kratzfüßen nicht sparsame Brieflein« gewesen sein, mit dem sich der Besuch, wie er selber sagt, angemeldet hatte, und womit er sich offensichtlich auch noch brüstete.[7]

Aber das wird man als Ausnahme bezeichnen dürfen. Wenn es galt, zudringlichen Besuch abzuschütteln, war Goethe freilich nicht zaghaft. Es wollten ja viele den berühmten Mann sehen. Wie Goethe zu Eckermann geäußert hat, gebe es bei ihm kaum einen Tag, an dem er nicht von durchreisenden Fremden aufgesucht werde. Er könne sich aber die Zeit nicht rauben lassen, auch wenn man ihn für stolz halte.

Es sei noch der Fall Boisserée mitgeteilt. Auch Sulpiz Boisserée, seinen späteren Vertrauten und Vermittler in den Verhandlungen mit dem Verleger Cotta, hatte Goethe zunächst kalt und steif empfangen. Boisserée hatte mit seinem Bruder eine für die damalige Zeit bedeutende Sammlung altdeutscher und altniederländischer Maler, gotischer Kunst von van Eyck bis Dürer, zusammengebracht. Boisserée war daran gelegen, Goethe, der sich nach seiner früheren Begeisterung für das Straßburger Münster von der Gotik abgewandt und allein der Antike verschrieben hatte, für die deutsche Richtung wieder zurückzugewinnen, was ihm auch gelang. Goethe war von den Ausführungen seines Gesprächspartners eingenommen. War er anfangs stumm geblieben und hatte allenfalls etwa mit »Ja, ja, schön, hem, hem« geantwortet, so war er jetzt des Lobes voll. Boisserée war von dem Sieg über »die Vorurteile eines der geistreichsten Menschen«, wie er sich ausdrückt, sehr beglückt. In bewegten Worten gab er dem Ausdruck und hob dabei hervor, wie sehr er nach dieser Bekehrung Goethes Beifall schätze. Goethe war dadurch seinerseits gerührt, drückte Boisserée die Hand und fiel ihm, Tränen in den Augen, um den Hals – so Boisserée an seinen Bruder Melchior am 3. Mai 1811 und darauf Tagebuch-Eintragung vom 8. Mai in Bodes *Briefen*.

Diese Begegnung ging also gut aus. Doch blieb auch sie nicht ohne Kritik, Goethes Sohn warf seinem Vater angeblich vor, solch tränenreiche Rührung ergreife ihn nur bei Lobhudeleien, sonst zeige er keine Empfindungen. Allein hier sollte man doch bedenken, daß sich gerade große Menschen oft sehr einsam fühlen, weil sie, über andere hinausragend, adäquate Partner entbehren. Alle Bewunderung, die ihnen von unten her entgegengebracht wird, kann sie nicht berühren, weil sie die Betreffenden nicht als kompetent empfinden. Nähert sich ihnen dann aber doch ein Gleichgearteter – und Boisserée wird man aufgrund seiner Intelligenz als Goethe nahestehend ansprechen dürfen –, dann sind sie um so ergriffener. Denn auch sie verlangt es natürlicherweise nach Anerkennung, zumindest Bestätigung, durch die das Leben erst an Wirklichkeit gewinnt.

Julie von Egloffstein, eine junge Verehrerin Goethes, spricht von einer starren Maske, die dieser aus Verlegenheit und Konvention aufzusetzen pflegte. Goethe hatte seine Techniken. Aber er hatte eben auch, was man nicht vermuten sollte, Hemmungen. Er selbst hat gesagt, um unsanften Berührungen zu entgehen, müsse er sich mit einem harten Panzer umgeben. Auch Titel und Orden dienten ihm dabei als eine Art Bollwerk. Seine Härte und Strenge habe er nur als Mittel der Selbstverteidigung angenommen. Milde dagegen habe ihn nichts gekostet,[8] denn die lag schon, wie man hinzufügen muß, von Natur aus in seinem Wesen.

Das gleiche hat Ottilie von Goethe, Goethes Schwiegertochter, gesagt, zitiert in Kurt Eisslers *Psychoanalytischer Studie*: Goethe habe seine als Hochmut erscheinende Haltung nur angenommen, um damit seine Verlegenheit zu verbergen. Im Grunde sei Goethe »wahrhaft bescheiden und innerlichst demütig« gewesen.

Um noch weitere Stimmen und zwar von Außenstehenden anzuführen, so erklärte eine Besucherin: »Ich hatte Goethe nur einmal gesehen, so war ich schon inne geworden, daß beinahe alles, was man ihm für Unart und Eigensinn auslegt, ein inneres Bangen seiner Natur ist.« Von einer anderen Seite heißt es: »Goethe, doch auch Schiller, geraten sehr leicht in Verlegenheit vis-à-vis certaines personnes.« Doch gab es auch »Besucher von Distinktion«, die gern und süffisant bemerkten, daß Goethe die Leichtigkeit des »wahren Weltmannes« fehle, der mit ein paar unverbindlichen Worten seinem Gegenüber die Scheu zu nehmen verstehe.[9]

Vielleicht beruhte Goethes Haltung aber auch auf seiner Wahrhaftigkeits-Maxime und gleichermaßen auf seiner Überbewertung von Wissen und Erkenntnissen. Alltagsgespräche, mit denen andere ihre Seelenstimmungen austauschen, erschienen ihm wertlos. Da setzte in seinem Geist eine Sperre ein. Nun hat jeder seine »Fächer«. Erst wenn man bei Goethe das richtige »Fach« gezogen hatte, wurde er gesprächig und öffnete sich sein Inneres.

Der junge Graf Czernin, der Goethe während seiner Visiten in Böhmen beobachtet hat, schreibt in seinem Tagebuch: Man dürfe Goethe keine ausgesuchten Redensarten und Komplimente vorplaudern, dann werde er sogleich verdrießlich – dann scheine er verlegen zu werden, als ob er keine Worte der Erwiderung finde – seine gewölbte Stirn runzelte sich mürrisch zusammen – er werde steif und ernst und ziehe sich aus dem Gespräch, wie es scheine, stolz zurück. Leite man das Gespräch aber auf ganz gleichgültige Dinge und bringe es dann unvermerkt auf interessante Gegenstände, so nehme Goethe den wärmsten Anteil daran und spreche und erzähle mit munterer Laune stundenlang fort, äußerst unterhaltend und belehrend, besonders unter wenig Zuhörern.[10]

Andererseits konnte Goethe im gegebenen Fall auch sehr aggressiv werden. Als Lord Bristol, Bischof von Derby, auf seiner Reise durch Jena kam und Goethe zu sich lud, gefiel er sich als Gastgeber darin, wie Goethe Eckermann erzählte, gelegentlich etwas grob zu werden und gegen ihn eine Attacke zu reiten, indem er seinen *Werther* als ein ganz »unmoralisches, verdammenswürdiges Buch« hinstellte, das die Menschen zum Selbstmord verleite. Goethe sei ihm darauf sogleich mit einem »Halt!« ins Wort gefallen, um ihm – in staunenswerter Präsenz – folgendes vorzuhalten: »Wenn Ihr so über den armen *Werther* redet, welchen Ton wollt Ihr denn gegen die Großen dieser Erde anstimmen, die durch einen einzigen Federzug hunderttausend Menschen ins Feld schicken, wovon achtzigtausend sich töten und sich gegenseitig zu Mord, Brand und Plünderung anreizen. Ihr danket Gott nach solchen Greueln und singet ein Tedeum darauf! Und ferner, wenn Ihr durch eure Predigten über die Schrecken der Höllenstrafen die schwachen Seelen Eurer Gemeinden ängstiget, so daß sie darüber den Verstand verlieren und ihr armseliges Dasein zuletzt in einem Tollhaus endigen! Oder wenn Ihr durch manche Eurer orthodoxen, vor der Vernunft unhaltbaren Lehrsätze in die Gemüter Eurer christlichen Zuhörer die verderbliche Saat des Zweifels säet, so daß diese halb starken, halb schwachen Seelen in einem Labyrinth sich verlieren, aus dem für sie kein Ausweg ist als der Tod! Was sagt Ihr da zu Euch selber, und welche Strafrede haltet Ihr Euch da?«

Man bedenke, daß es zu Goethes Zeit noch Hexenverbrennungen gegeben hatte und der Glaube an Hölle und Teufel im Volk noch lebendig war. Seine Philippika hatte ihre Wirkung auch nicht verfehlt. Der Bischof wurde darauf, wie Goethe weiter berichtet, sanft wie ein Lamm und benahm sich von nun an ihm gegenüber in der weiteren Unterhaltung mit der größten Höflichkeit und dem feinsten Takt, so daß er mit ihm darauf einen sehr guten Abend verlebte. Denn, wie Goethe bemerkt, so grob Lord Bristol sein konnte, war er doch ein Mann von Geist und Welt und durchaus fähig, auf die verschiedenartigsten Gegenstände einzugehen. Beim Abschied gab er Goethe das Geleit und ließ darauf die Honneurs durch seinen Abbé fortsetzen.[11]

Goethe konnte also, wenn er wollte, sehr aus sich herausgehen. In dem Buch von Jörg Drews *Dichter beschimpfen Dichter* wird Goethe an siebzehn Stellen aufgeführt, wo er Kollegen mit beißendem Spott überzieht. Doch wird dieses Vergehen »relativiert«, vergleicht man es mit den Äußerungen der anderen darin aufgeführten Dichter. Auch die Sprache der Straße beherrschte Goethe durchaus. In Frankfurt, als junger Anwalt, griff er die Gegenpartei in seinen Schriftsätzen hanebüchen an, was von der Gegenseite entsprechend erwidert wurde, so daß der Richter die Parteien schließlich auffordern mußte, sich entschieden zu mäßigen.[12] Aber das war in Goethes Jugend, von der hier nicht die Rede ist.

Im Alter jedoch ließ Goethe vieles über sich ergehen. So wurde er in Dornburg, wie der dortige Schloßvogt schreibt, während eines zweimonatigen Sommer-Aufenthaltes zuweilen mit einer gewissen Unverschämtheit überlaufen, hat aber niemanden abgewiesen.

Von Eckermann jedenfalls, der mit Goethe neun Jahre lang in Verbindung gestanden hat, von 1823 bis zu dessen Tod 1832, also von seinem fünfundsiebzigsten bis zu seinem dreiundachtzigsten Lebensjahr, wird Goethe, in Gesellschaft, was hier allein interessiert, stets als heiter geschildert.

So berichtet Eckermann von der völligen Zwanglosigkeit auf einem großen »Tee« bei Goethe am Abend des 14. Oktober 1823, sieben Jahre nach dem Besuch der Jugendfreundin Lotte. Geladen waren Damen und Herren vom Hofe und junge Ausländer sowie die nähere Umgebung Goethes. Eckermann schreibt hierzu:

»Die Gesellschaft gefiel mir, es war alles so frei und ungezwungen, man stand, man saß, man scherzte, man lachte und sprach mit diesem und mit jenem, alles nach freier Neigung. Goethe selbst erschien in der Gesellschaft sehr liebenswürdig. Er ging bald zu diesem und zu jenem und schien immer lieber zu hören und seine Gäste reden zu lassen, als selber zu reden.«

Schon 1806 schrieb Johanna Schopenhauer, die soeben nach Weimar gezogen war und dort einen viel besuchten Tee eingerichtet hatte, am 28. November an ihren Sohn Arthur über den siebenundfünfzig Jahre alten Goethe, er sei anfangs stumm und befangen, nehme aber bald sehr rege am Gespräch teil. Er drücke nie durch seine Größe. Er sei anspruchslos wie ein Kind, und es sei unmöglich, nicht Zutrauen zu ihm zu fassen. Und doch imponiere er allen, ohne es zu wollen.[13]

Als der junge Maler Johann Wilhelm Zahn, von seiner Italienreise zurückkommend, am 2. September 1827 Goethe in Weimar einen Besuch abstattete, wurde er von Goethe sogleich zu einem Essen in einem größeren Kreis eingeladen, dessen Stimmung Zahn mit den Worten schildert: »Die Unterhaltung war eine allgemeine, lebendige und nie stockende. Goethe leitete sie meisterhaft, ohne aber jemanden zu beschränken.« Demnach mußten sich die Gäste auch bei dieser Einladung sehr wohl gefühlt haben.[14]

Anzuführen ist als ein weiteres Beispiel für die Zwanglosigkeit im Goethe-Kreis: ein großes Diner, das Goethe am 4. Mai 1827 zu Ehren zweier französischer Gäste gab, des Herrn Ampère, Sohn des bekannten Physikers, selbst Chefredakteur der schon erwähnten Zeitschrift »Le Globe«, und seines Begleiters, eines Herrn Stapfer. Wie Eckermann im Dritten Teil seiner Gespräche über diesen Tag schreibt, war die Unterhaltung »laut, heiter und bunt durcheinander. Ampère erzählte Goethe vieles von Mérimée, Alfred de Vigny und anderen bedeutenden Talenten. Auch ward viel über Béranger gesprochen, dessen unvergleichliche Lieder Goethe täglich in Gedanken hat.«

Ampère selbst hat Goethe nach einem mehrmaligen Zusammentreffen im internen Kreis in seinen Briefen vom 22. April und zweier vom 9. Mai 1827 geschildert.

»Ich machte mich auf etwas Steifigkeit gefaßt, auf Götzen-Manieren« ... »kein Schatten davon!« – »Er ist der Einfachste und Liebenswürdigste der Menschen!« – »Ein wunderbarer Mensch, für mich bezaubernd.« Ampère staunte, wie Goethe über alles auf dem laufenden war: »An allem nimmt er teil, hat über alles Gedanken, bewundert alles, was Bewunderung zuläßt.« – »In Deutschland geschieht nichts, ohne daß er irgendwie teilnimmt.« – »Ich habe keine Spur von Getue oder Einbildung an ihm bemerkt.« – »Er hat [zwar] ein naives Bewußtsein seines Ruhms. Das kann aber nicht mißfallen, da er sich beständig mit den anderen begabten Menschen abgibt und für alles wahrhaft mitfühlend ist, wo auf irgend einem Gebiet sich Gutes zeigt.« – »In Gesellschaft ist er kälter, aber ohne Hochmut in seinen Manieren. Er hält sich gerade wie ein Rohrstock. Er ist wirklich eine Natur von wunderbarer Kraft.«[15]

Ähnlich begeistert wie Ampère hat sich auch Sainte-Beuve in seinen späteren Jahren über Goethe ausgesprochen.

Im Gegensatz zu Kritiken aus den Reihen von Zeitgenossen hebt er besonders das Menschliche im Umgang mit Goethe hervor.[16]

Goethe war bei der Begegnung mit Ampère 1827 siebenundsiebzig Jahre alt, beim Besuch der *Lotte in Weimar* dagegen siebenundsechzig.

Eine weitere Fülle von Zeugnissen, nach denen, mit geringen Ausnahmen, Goethe in Gesellschaft stets über alle Maßen liebenswert und liebenswürdig war, bringt Heinz Amelungs dreibändige Sammlung von Berichten und Briefen von Zeitgenossen unter dem Titel *Goethe als Persönlichkeit.*

Wenn Goethe aus seiner Anfangszeit in Weimar sein wüstes Treiben an der Seite des sieben Jahre jüngeren Herzogs zum Vorwurf gemacht wurde und heute noch wird, so war das nichts anderes als ein bewußtes Eingehen auf die Art seines Gönners – wilde Ritte, Jagen, Kampieren im Freien, am Lagerfeuer, alles auf Du und Du – um ihn für ein späteres Wirken an sich zu ziehen. Goethes Seelenfreundin Charlotte von Stein hat dies sehr treffend zum Ausdruck gebracht mit den Worten: »Gewiß sind dies seine Neigungen nicht! Aber eine Weile muß er's so treiben, um den Herzog zu gewinnen und dann Gutes zu stiften. So denk ich davon.« Und so kam es auch.

Noch deutlicher hat sich in diesem Fall Wieland gegenüber dem Kanzler von Müller ausgesprochen. Mit Selbstverleugnung und höchster Aufopferung habe sich Goethe dem jungen Herzog in dessen ersten Regierungszeit gewidmet und hierdurch Edles und Großes, das in dem fürstlichen

Jüngling schlummerte, hervorgerufen und zur Entwicklung gebracht. Für die unglaublichen Verdienste, die sich Goethe damit um den Herzog erworben habe, danke er ihm mehr als für alle seine Geisteswerke, sagt Wieland.

Auch Kanzler Friedrich von Müller, dessen *Unterhaltungen mit Goethe* bereits mit dem Jahr 1801 beginnen, also zweiundzwanzig Jahre vor Eckermanns Eintreffen, schildert Goethe in Gesellschaft als »höchst liebenswürdig«, »von großer Heiterkeit und geselliger Anmut«, »äußerst munter, witzig und scherzhaft«. Traf er Goethe allein an, so konnte dieser von »ungewöhnlicher Freundlichkeit« sein, gelegentlich aber auch »steif und einsilbig«, »sehr wenig aufgelegt«, ja sogar »mundfaul«, »mehr ironisch und bizarr«, »mehr negativ als positiv«.

Goethe war freilich auch vom Wetter abhängig. Das Schwinden des Lichtes im November und trübe Nebeltage bedrückten ihn außerordentlich. Da zeigte er sich »steif, schroff und schwerfällig«. Erst wenn die Tage wieder heller wurden, bekam er neuen Lebensmut. Insofern war Goethe kein »nordisch« empfindender Mensch, der den Nebel und das Düstere liebt.

Die glücklichste Zeit seines Lebens verbrachte er vielmehr in Italien, in Rom. In seiner *Italienischen Reise* in der Aufzeichnung vom 3. Oktober 1786 schreibt er am Schluß, er zähle einen zweiten Geburtstag, eine wahre Wiedergeburt, von dem Tage, da er Rom betrat. Eckermann gegenüber hat er am 9. Oktober 1828 – zweiundvierzig Jahre danach – geäußert, er habe nur in Rom empfunden, was eigentlich ein Mensch sei. Zu diesem Glück der Empfindung sei er nie wieder gelangt. Mit seinem Zustand in Rom verglichen sei er nachher eigentlich nie wieder froh geworden. An diesem Bekenntnis wird auch die Darstellung von Nicholas Boyle in seinem Buch *Goethe* wenig ändern können.[17] Zwar hat sich Goethe bald nach seiner Rückkehr aus Italien, gemeint ist immer die erste Italienreise, nach Boyles Untersuchungen sehr ernüchtert über seine Reise ausgesprochen. Doch so lange er in Italien weilte, dem Land seiner Träume, war er glücklich.

Goethe auf einem Rohrstuhl am Fenster seiner römischen Wohnung. Federzeichnung von Wilhelm Tischbein, 1787

Dennoch hat Eckermann Goethe nach seinen Berichten immer nur »heiter und jugendlich« angetroffen, selbst bei unangemeldetem Besuch. Von »Launen« ist bei ihm keine Rede. Ein solches Gebaren entsprach wohl auch Goethes Grundeinstellung. Immer strebend bemüht, war sein Sinn darauf gerichtet, die Welt der Erscheinungen zu erfassen, sich ihrer zu bemächtigen, sie zu meistern. Da war kein Raum für negative Gedanken. Diese Einstellung änderte sich auch nicht, wenn ihn manche Schmerzen fast zu Boden drückten, wie der Schmerz über den Tod seiner Frau Christiane, über den Tod seines Sohnes August, über den Tod seines Freundes und Gönners Großherzog Carl August, nicht zu vergessen den Schmerz über vier früh, gleich nach der Geburt gestorbene Kinder, bei dem er sich beim Verlust des letzten Kindes vor Verzweiflung auf dem Boden gewälzt haben soll. Immer aber bewahrte Goethe nach außen Haltung, was ihm zum Teil als Gefühllosigkeit ausgelegt wurde. Ein äußeres Zeichen der Anteilnahme war es dann jedenfalls, wenn er vier Wochen nach der Nachricht vom Tode seines Sohnes einen Blutsturz erlitt.

Goethe hat zu Eckermann am 21. März 1830 geäußert:

»Die Hauptsache ist, daß man lerne, sich selbst zu beherrschen. Wollte ich mich ungehindert gehen lassen, so läge es wohl in mir, mich selbst und meine Umgebung zugrunde zu richten.«

Nach einer Aufzeichnung des Kanzlers Müller lautete sein Prinzip, sich über unangenehme Dinge dadurch zu erheben, daß man sich ihnen freiwillig unterwirft und ihre Notwendigkeit bejaht. Goethe hat viel an sich gearbeitet, was auch Siegfried Lenz mit »Etwas zu Goethes Selbstdeutung« in dem Sammelband *Mein Goethe* dem Leser bewußt zu machen versucht. Sehr tröstlich aber sagt Goethe in hohem Alter, er sehe andere keinen Fehler begehen, den er nicht auch begangen hätte[18].

Selbst über Kränkungen – und es sind ihm als Großem viele Schmähungen zuteil geworden, von den gläubigen Christen einerseits, von den Demokraten und Liberalen andererseits – ging Goethe mit Schweigen hinweg, ohne es dem Betreffenden nachzutragen oder zu entgelten. Diese Seite seines Wesens wäre vielleicht einer besonderen Untersuchung wert. Womöglich bezieht sich hierauf auch eine seiner Äußerungen in hohem Alter gegenüber dem Kanzler Müller am 7. April 1830: »Wer ist denn noch heutzutage ein Christ, wie Christus ihn haben wollte? Ich allein vielleicht, ob ihr mich gleich für einen Heiden haltet.«

In seinen *Xenien* ließ er seinem Groll allerdings eine Zeitlang freien Lauf, doch hat er dies später bedauert.

Ganz besonders schmerzvoll war für ihn die Erfahrung, daß nach seinem durch den *Werther* begründeten Weltruhm seine folgenden, von ihm geliebten Werke wie die *Iphigenie* und der *Tasso,* die *Wahlverwandtschaften* und *Wilhelm Meister* beim Publikum keinen Widerhall mehr fanden, bis er erst mit fast sechzig Jahren durch den *Faust I* wieder die Aufmerksamkeit der Welt erregte, wie es Marcel Reich-Ranicki in *Betrifft Goethe,* dem Leser nahegehend, geschildert hat.

Hatte Goethe gehofft, nicht nur mit seinen Werken, sondern eines Tages ganz allgemein ein »deutsches Theater« ins

Leben zu rufen, so mußte er sich enttäuscht sehen, alles blieb wie zuvor. Hätte er Beifall gefunden, sagt Goethe, so würde er der Nation ein ganzes Dutzend Stücke wie *Iphigenie* und *Tasso* geschrieben haben. An Stoff sei kein Mangel gewesen. Es fehlten jedoch die Schauspieler, um dergleichen mit Geist und Leben darzustellen, und es fehlte das Publikum, dergleichen mit Empfindung zu hören und aufzunehmen, worüber Goethe den Theaterdirektor im »Vorspiel auf dem Theater«, das er seinem *Faust* vorangestellt hat, expressis verbis Klage führen läßt. So sind die hohen Beispiele der Frauentugend und des großmütigen humanen Entsagens in der *Iphigenie* sowie eines heroischen Sich-ins-Leben-fügen, wovon der *Tasso* handelt, einmalig geblieben.

Besonders betrübte Goethe der Unverstand seiner Leser. Eine Geschichte hatte für sie keinen Gehalt, wenn sie nicht etwas Lehrhaftes enthielt und das Gute belohnt und das Böse bestraft wurde. Das lag aber gar nicht in Goethes Sinn. Dem Werk einen didaktischen Zweck zu verleihen, lehnte er ab, das zerstöre die Poesie.[19] In seinen Werken leuchtet die Sonne gleichmäßig über Gut und Böse, wie zum Beispiel in *Wilhelm Meisters Lehrjahren,* was ihm verübelt wurde. Man kann deshalb den Ausführungen von Klaus Gerth nur zustimmen, wenn er in seiner Schrift *Das Wechselspiel des Lebens* der verbreiteten Auffassung entgegentritt, in diesem Roman handele es sich um einen Bildungsroman. Die Erzählung behandelt vielmehr das Leben als ein Wechselspiel, in dem der Zufall kaleidoskopartig die Fäden knüpft, wie es das Dasein oftmals mit sich bringt.[20]

Vom *Werther* angefangen bis zu den *Wahlverwandtschaf-*

ten hatte man an allem etwas auszusetzen, in jedem verstieß Goethe gegen irgendein sittliches Gesetz. Goethe wollte indes nicht idealisieren, sondern der Wirklichkeit die Ehre geben, der das Publikum jedoch nicht ins Auge sehen mochte. So bat er in diesem Ringen die Götter, daß sie ihm seinen Mut und sein Gradsein erhalten möchten bis zu seinem Ende. »Ein Mensch sein heißt ein Kämpfer sein«, hatte er gesagt.[21]

Um nach dieser Abschweifung Goethes Verhalten im allgemeinen betreffend wieder auf sein Auftreten in Gesellschaft zurückzukehren: Sollte man etwa meinen, Goethe würde, so liebenswürdig er sich seinen Gästen gegenüber zeigt, um so mehr im Familienkreis den Tyrannen spielen, so irrt man. Auch zu Hause gab er sich stets gelöst. Liebt er es mitunter zu belehren, so geschieht das doch in einer völlig zwanglosen Atmosphäre und dient vor allem der Bereicherung seiner Angehörigen.

So schreibt Eckermann unter dem 11. April 1827:

»Frau und Herr von Goethe traten herein (gemeint sind Goethes Sohn August und seine Frau) und wir setzten uns zu Tisch. Die Gespräche wechselten über leichte Gegenstände des Tages: Theater, Bälle, Hof, flüchtig hin und her. Bald aber waren wir wieder auf ernstere Dinge geraten.«

Auch die Tischgespräche am darauffolgenden 20. Juni wechselten, wie er schreibt, »heiter und mannigfaltig«.

Es ließen sich noch manche derartige Beispiele finden, aus denen sich ergibt, daß sich Goethe auch im Familienkreis, und da besonders, stets aufgeräumt und locker gegeben hat, auch Kindern gegenüber, als Kindernarr, der er war; vor allem gegenüber seinen drei Enkelkindern – anders als Thomas Mann, in dessen Haus es bei Tisch sehr autoritär zugegangen sei.

Folgt man all den Aufzeichnungen, so war Goethe, von gewissen anfänglichen Kontaktschwierigkeiten abgesehen, außerordentlich umgänglich.

Bemerkenswert ist, wie aufgeschlossen er gerade der Jugend gegenüber eingestellt war. So läßt er seinen Werther sagen, daß er in dem Kinde bereits die Keime aller Tugenden und Kräfte erblicke: in dem Eigensinn künftige Standhaftigkeit und Festigkeit des Charakters, im dem Mutwillen guten Humor und Leichtigkeit, über die Gefahren der Welt hinzuschlüpfen.

Wer betrachtet die Kinder mit solchen Augen!

Noch in hohem Alter hebt er Eckermann gegenüber hervor, wie frei und ungezwungen die jungen siebzehnjährigen Engländer in Weimar auftreten, wo sie sich zu Studienzwecken aufhalten, weil sie »die Courage haben, das zu sein, wozu sie die Natur gemacht hat«. In deutschen Landen dagegen werde die Entwicklung der Jugend unterdrückt. »Ich brauche nur in unserm lieben Weimar zum Fenster hinauszusehen, um gewahr zu werden, wie es bei uns steht. Als neulich der Schnee lag und meine Nachbarskinder ihre kleinen Schlitten auf der Straße probieren wollten, sogleich war ein Polizeidiener nahe, und ich sah die armen Dingerchen fliehen, so schnell sie konnten. Jetzt, wo die Frühlingssonne sie aus den Häusern lockt und sie mit ihresgleichen vor ihren

Türen gerne ein Spielchen machten, sehe ich sie immer geniert, als wären sie nicht sicher und als fürchteten sie das Herannahen irgendeines polizeilichen Machthabers. Es darf kein Bube mit der Peitsche knallen, oder singen, oder rufen, sogleich ist die Polizei da, es ihm zu verbieten. Es geht bei uns alles dahin, die liebe Jugend frühzeitig zahm zu machen und alle Natur, alle Originalität und alle Wildheit auszutreiben, so daß am Ende nichts übrigbleibt als der Philister.«

In *Wilhelm Meisters Wanderjahren* vertritt Goethe mit seiner »Pädagogischen Provinz« allerdings eine etwas andere Richtung.

Goethes Verhältnis zu anderen Dichtern

Die vorgehenden Ausführungen dürften gezeigt haben, daß es für die oftmalige »steife« Haltung Goethes eine versöhnliche Erklärung gibt. Wie verhält es sich nun mit der Behauptung, Goethe dünke sich, der größte Dichter zu sein und anerkenne niemanden neben sich?

Schon daß Goethe von Shakespeare schwärmt und zu ihm aufblickt, läßt seine Einstellung zu den Großen der Dichtkunst erkennen. Einem seiner Besucher gegenüber äußerte er, wenn er auch glaube, etwas geleistet zu haben, so sei er gegen die bedeutenden attischen Dichter wie Aischylos oder Sophokles doch gar nichts.

Eckermann bringt eine Fülle von Beispielen, in denen Goethe fremde Größen weit über sich stellt. So zum Beispiel Molière. Hierzu läßt Eckermann im Dritten Teil der Gespräche vom 28. März 1827 Goethe folgendes sagen: »Ich kenne und liebe Molière seit meiner Jugend und habe während meines ganzen Lebens von ihm gelernt. Ich unterlasse nicht, jährlich von ihm einige Stücke zu lesen, um mich immer im Verkehr mit dem Vortrefflichen zu halten.« Der *Misanthrop* war ihm eines seiner liebsten Stücke.

Von Byron ist Goethe entzückt und hält ihn für das größte Talent des Jahrhunderts. Mit Nachdruck sagt er, Byron sei nicht antik und nicht romanisch, sondern er sei wie der gegenwärtige Tag selbst. Läßt das nicht aufhorchen? War das nicht der Grund, weshalb Goethe einen Dichter wie Kleist ablehnte, weil er »romantisch« war, was Goethe widerstand? Sah nicht Goethe auf Kleists Stirn ein Zeichen von Krankheit? Byron dagegen hat er in der Gestalt des Euphorion in *Faust II* ein Denkmal gesetzt (was von einer Seite allerdings bestritten wird). Auf Kleist ist noch zurückzukommen.

Auch über Walter Scott, den schottischen Romancier, hat Goethe sich lobend ausgesprochen und sich sehr ausführlich über die Vorzüge seiner Romane *Fair Maid of Perth* und *Waverley* geäußert, die man ohne Frage »den besten Sachen an die Seite stellen« könne.[22] Unter den Engländern hebt er weiter Fielding und Goldsmith hervor. Lawrence Sterne empfiehlt er in den *Maximen und Reflexionen* den deutschen Lesern zur Lektüre.

Lebhaft hingezogen fühlte sich Goethe zu Carlyle. Einmal durch die verschiedenen Übersetzungen seiner Werke durch Carlyle ins Englische, für die er sich entsprechend revanchierte. Sodann hatte Carlyle an Goethe geschrieben: »Wenn ich aus der Finsternis zum Licht gefunden habe, wenn ich irgend etwas über mich selbst und meine Pflichten und meine Bestimmung weiß, dann verdanke ich das mehr als irgendeinem Umstand dem Studium Ihrer Schriften.« Carlyle schätzte also an Goethe über die Erscheinung des Dichters hinaus dessen große Charakterstärke. Besonders aber sah sich Goethe mit Carlyle durch den von beiden verfolgten neuen Gedanken einer »Weltliteratur« verbunden, einem Wechselaustausch zwischen den Nationen, dem er »versöhnende« Kraft zusprach.[23] Goethe war auf literarischem Gebiet »weltoffen«.

Dagegen beschäftigte er sich nicht mit englischen Dichtern wie Wordsworth, Coleridge, Southey, Keats, Shelley, weil er sie als von der Romantik abhängig empfand.[24] Seine Abneigung gegen romantische Strömungen bestand also nicht nur, wie noch ausgeführt wird, deutschen Literaten gegenüber, sondern auch gegen ausländische, was gleichzeitig als Beweis dafür angesehen werden kann, daß es Goethe dabei um die Sache ging und nicht etwa Neid der Beweggrund war.

Von den Italienern hat es Goethe Alessandro Manzoni angetan. Von ihm liest er – in Italienisch – den dreibändigen Roman *Die Verlobten*. In den Gesprächen mit Eckermann sagt er über das Buch, daß es alles überflügele, was man in dieser Art kenne.[25] Nur dem Schluß kann er nicht beipflichten, weil Manzoni dort die Bahn des Dichters verlasse und in seiner Beschreibung der Kriegsschrecken zum reinen Historiker herabsteige. Auch über Béranger hat Goethe sich in diesem Sinn tadelnd geäußert, als dieser später in seine Gedichte die Politik hineinbrachte.

Erst durch Goethes so teilnehmende Beurteilung in seiner Zeitschrift »Kunst und Altertum« ist Manzoni bekannt und berühmt geworden, wofür sich dieser dann bei Goethe ergriffen bedankt hat.

Ausgesprochen mißfällig hat sich Goethe dagegen über Victor Hugo geäußert, sowohl bei Eckermann wie bei Kanzler Müller und Biedermann. Victor Hugo sei zwar ein schönes Talent, aber ganz in der unselig-romantischen Richtung seiner Zeit befangen, die neben dem Schönen auch das Allerunerträglichste und Häßlichste darzustellen versuche. Seinen *Glöckner von Notre Dame* habe er unter Qualen gelesen, den zweiten Teil habe er nicht auslesen können. Die Personen darin seien ohne Wahrheit und Natur, nur hölzerne Puppen, mit denen er nach Belieben umspringe und die er Verzerrungen und Fratzen machen lasse. Da trat ihm plötzlich das ganze, so sehr bekämpfte »Fratzenwesen der deutschen Romantik in all seiner Unnatur und Unwahrheit« wieder entgegen, das ihn besonders an E. T. A. Hoffmann abstieß, so sehr dieser auch die Gunst des Publikums gefunden hatte.[26]

Unter dem 18. März 1831 schreibt Eckermann, er habe Goethe Longos' *Daphnis und Chloe* bringen müssen, den griechischen Hirtenroman aus dem 2. Jahrhundert n. Chr., weil er wieder einmal darin zu lesen wünschte. Goethe erklärte anschließend, das Gedicht sei so schön, daß man immer wieder von neuem erstaune. Es sei von höchster Kunst und Kultur, es berge eine Vollkommenheit und Delikatesse der Empfindung, weshalb man guttue, es alle Jahre einmal zu lesen, um immer wieder aufs neue davon zu lernen.

Auch über den zwanzig Jahre älteren Lessing hat sich Goethe bewundernd geäußert. Als Eckermann hervorhob, wieviel Gemüt und liebenswerte Natürlichkeit er in Lessings *Minna von Barnhelm* gefunden habe – ganz im Gegensatz zu der Behauptung, Lessing sei ein kalter Verstandesmensch –, stimmte ihm Goethe mit den Worten zu: »Sie mögen denken, wie das Stück auf uns junge Leute wirkte, als es in jener dunklen Zeit hervortrat! Es war wirklich ein Meisterstück von Exposition, wovon man viel lernte und wovon man noch immer lernen kann.«[27]

Auf Werthers Schreibtisch fand man nach seinem Tode

Lessings *Emilia Galotti* aufgeschlagen liegen, wie dieses Stück auch schon auf Jerusalems Tisch gelegen hatte.

Spricht und schreibt so ein Dichter, der niemanden neben sich gelten läßt und sich selbst für den Größten hält?

Freundliche Worte hat Goethe auch für den gleichaltrigen Johann Heinrich Voß gefunden. Zu Eckermann sagte er: »Ein Mann wie Voß wird übrigens so bald nicht wiederkommen. Es haben wenig andere auf die höhere deutsche Kultur einen solchen Einfluß gehabt als er. Es war an ihm alles gesund und derb, weshalb er auch zu den Griechen kein künstliches, sondern ein rein natürliches Verhältnis hatte, woraus denn für uns anderen die herrlichsten Früchte erwachsen sind. Wer von seinem Werte durchdrungen ist wie ich, weiß gar nicht, wie er sein Andenken würdig genug ehren soll.[28] Später scheinen sich seine freundschaftlichen Empfindungen gegenüber Voß allerdings abgekühlt zu haben.

Den zwanzig Jahre jüngeren Hölderlin hat Goethe dagegen nicht verstanden. Er fand seine Gedichte, »weder durch sinnliche noch durch innere Anschauung gemalt«, wie er sich äußerte. Erst Nietzsche hat Hölderlin erkannt.

Auch über die Frühromantiker, seine Zeitgenossen, hat sich Goethe, wie er schreibt, bewußt nicht geäußert. Sie waren ihm fremd. Sein Credo war und blieb, allein aus dem Leben, aus der Wirklichkeit, dem Objektiven zu schöpfen, wie es einst die Antike getan hatte. Die Romantiker schlugen dagegen den umgekehrten Weg ein. Das hing auch mit ihrer politischen Erfolglosigkeit zusammen. Stand Goethe als »Aristokrat« und »Konservativer« zu dem Regime – wie noch näher ausgeführt wird –, so lehnten sich die Romantiker als geheime »Demokraten« gegen das damalige Herrschaftssystem auf. Da sie aber – auch 1848 – nichts dagegen auszurichten vermochten, sponnen sie sich in einen übertriebenen Subjektivismus ein – sie betrieben eine Innenschau. Dieses »Selbstgründen im Ich« allein betrachteten sie als die »einzig mögliche Verwirklichung« in jener gärenden Zeit. Goethe nannte das »fieberhafte Träume«. Wo immer er etwas davon spürte, vollends wenn sich diese Kreise zum Katholizismus wendeten, kehrte er ihnen den Rücken zu. Die Brüder Schlegel, Tieck während seiner romantischen Periode, Novalis, besonders E.T.A. Hoffmann u.a. klammerte Goethe einfach aus.[29] Der Subjektivismus der Romantiker, ihre exaltierte Einbildungskraft, der romantische Primitivismus und der volkstümelnde Mittelalterkult stießen ihn ab. Die »neukatholische Sentimentalität«, wie sie in *Franz Sternbalds Wanderungen* von Tieck und den *Herzensergießungen eines Klosterbruders* von Wackenroder hervortrat, wies Goethe von sich. Dennoch ist er später in dem Streit zwischen den Klassikern und Romantikern in seinen Werken der anderen Seite etwas entgegengekommen, zumindest in der Form.[30] Die Kontroverse Goethe / Friedrich Schlegel hat ausführlich Andreas Wachsmuth unter dem Titel »Die 16. ›Wiener Vorlesung‹ Friedrich Schlegels und Goethes Erwiderung« geschildert.[31]

Goethe vermißt bei den Romantikern die »Gestaltung«. Ihr Inneres verliere sich im Unendlichen, von Sehnsucht und Unruhe getrieben. Die einzelnen Kräfte lösten sich damit aus der »Ganzheit des Organismus«, aus dem Verbund, und streiften nun »ungebunden« umher, was zur Krankheit führe. Die Welt verliere ihre Konturen und sei nicht mehr deutbar. Der Satz Friedrich Schlegels, das höchste Gesetz der romantischen Kunst sei, daß die Willkür des Dichters kein Gesetz über sich dulde, mußte danach Goethe zuwider sein. Der echte Dichter, sagt er, spreche nicht nur »seine wenigen subjektiven Empfindungen« aus, sondern wisse, wie schon oben angedeutet, die Welt sich anzueignen. Darunter verstand er nicht etwa eine bloße Naturnachahmung, vielmehr habe der Künstler darin das Übergeordnete, das Allgemeine zum Ausdruck zu bringen, wie es Erich Jenisch in *Das Klassische nenne ich das Gesunde, und das Romantische das Kranke* näher artikuliert.

Von Uhland hat Goethe nur dessen Balladen gelten lassen. Über Eichendorff hat er sich so gut wie nie ausgesprochen. Wahrscheinlich stieß ihn hier die leichte Melancholie ab, die dessen Dichtungen durchzieht, die uns dagegen besonders berührt. Hatte sich Goethe ja zu Eckermann im Gespräch vom 24. September 1827 über die zeitgenössischen Dichter ganz allgemein dahingehend geäußert, sie schrieben alle, als sei die Welt ein »Lazarett«, was ein unübersehbares Zeichen seiner kraftvollen Lebenseinstellung war. Auch Heine spricht in seiner *Romantischen Schule* bei Uhland, so sehr er auch sonst für ihn eintritt, von einer »kränklich sentimentalen Melancholie«.

Bleibt noch Schiller. Sechs Jahre lang hat Goethe Schiller nicht beachtet, obwohl dieser in nächster Nähe wohnte und bereits durch seine *Räuber, Fiesko, Kabale und Liebe* und *Don Carlos* berühmt geworden war. Goethe aber sah sein eigenes Werk durch Schiller geradezu vernichtet. Hatte er,

Goethe, aus Italien die Antike mitgebracht, die er nun dem Publikum näherbringen wollte, hatte er seine von der Antike her geprägten Empfindungen unter anderem in der *Iphigenie* zum Ausdruck gebracht, war er nun zum Klassiker geworden, so mußte er jetzt erleben, wie sich die Menschen für eine wilde Sprache aus der Zeit des Sturm und Drang und insbesondere für revolutionäre Gedanken begeisterten, die er selbst verabscheute.

So berichtet ein Zeitgenosse über die Uraufführung der *Räuber*: »Das Theater glich einem Irrenhause, rollende Augen, geballte Fäuste, heisere Aufschreie im Zuschauerraum! Fremde Menschen fielen einander schluchzend in die Arme, Frauen wankten einer Ohnmacht nahe zur Türe. Es war eine allgemeine Auflösung wie im Chaos, aus dessen Nebeln eine neue Schöpfung hervorbricht.«

Goethe trat dagegen, wie auch immer, für Recht und Ordnung ein. Wenn ihm auch an dem Verhalten der Obrigkeit vieles mißfiel, so erschien ihm doch ein Wandel nur von oben aus möglich, nicht im Wege eines Umsturzes von unten her. Das Leitwort von Schillers Drama *Die Räuber* aber hieß »In tyrannos« – gegen die Herrscher, womit es zum Aufstand aufrief. Nachdem sich in Frankreich im Jahr 1789 die blutige Revolution abgespielt hatte und Schiller gar – als Professor in Jena – für seine *Räuber* das französische Bürgerrecht erhalten hatte, sah sich Goethe von ihm »durch Welten« getrennt, wie er wohlgemeinten Vermittlungsversuchen, die es gab, entgegenhielt.

Wenn es dann doch schließlich zu einer Begegnung und daraus folgend zu einem Freundschaftsbund gekommen ist, der bis zu Schillers Tod und darüber hinaus anhielt, so beruhte das einmal darauf, daß sich Schiller inzwischen vom Realismus seiner Jugendzeit völlig losgesagt und, durch Goethe von der Ferne her angeregt, sich seinerseits dem Studium der griechischen Dichter und damit dem hellenistischen Schönheitsideal ergeben hatte. Im übrigen war es Schillers überragendes Urteilsvermögen, durch das er Goethes Streben zu erfassen vermochte. Als daher beide in Jena nach einer Veranstaltung der Universität zu einem Gespräch gelangten, in dem Goethe Schillers Weitblick überraschte,

Goethe- und Schiller-Denkmal von Ernst Rietschel vor dem Deutschen National Theater Weimar

und Schiller ihm später noch dazu einen sehr diplomatischen Brief schrieb, in dem er unter anderem auch seine Verehrung für Goethe zum Ausdruck brache, war das Eis gebrochen und alsbald der Bund geschlossen, aus dem so viel Gutes erwuchs.

Goethe hat später hierzu Schiller gegenüber in einem Brief vom 6. Januar 1798 bekannt, er habe ihm eine zweite Jugend verschafft und ihn wieder zum Dichter gemacht, welches zu sein er – im Staatsdienst, wie man ergänzen muß – fast aufgehört habe. Als Theaterdirektor hat Goethe Schillers Stücke oftmals gespielt, seine eigenen dagegen so gut wie nie, weil er fand, daß sie nicht bühnengerecht seien, es fehle ihnen die äußere Dramatik, so sehr sie auch von einer inneren Spannung erfüllt seien. Sogar Schillers *Räuber* hat er – dem Publikum zuliebe – wiederholt aufgeführt. Von Neid gegenüber Schiller war also keine Rede. Auch in der vorausgegangenen Zeit waren es andere Gründe gewesen, die Goethe von einer Begegnung mit Schiller abgehalten hatten.

Schiller, der Goethe zunächst für einen Egoisten hielt, hat sein Urteil über ihn der Gräfin Schimmelmann gegenüber im Brief vom 23. November 1800 später in folgende Worte zusammengefaßt:

»Ich darf wohl sagen, daß ich in den sechs Jahren, die ich mit ihm zusammenlebte, auch nicht einen Augenblick an seinem Charakter irre geworden bin. Er hat eine hohe Wahrheit und Biederkeit in seiner Natur, und einen höchsten Ernst für das Rechte und Gute; darum haben sich Schwätzer und Heuchler und Sophisten in seiner Nähe immer übel befunden ... So muß er es in der jetzigen bürgerlichen und literarischen Welt notwendig mit vielen verderben.[32]

Goethe als Minister und als Mann der Tat

Will man die Spannweite von Goethes Persönlichkeit erfassen, so muß man sich immer bewußt sein, daß man es mit einem Dichter zu tun hat. Denn allein als Dichter lebt er in den Herzen der Menschen fort. Goethe hat aber zehn Jahre lang, von 1776 bis 1786, eine Tätigkeit ausgeübt, die einem Dichter völlig entgegenstand und an die er sich später auch nur noch mit Abscheu erinnert hat. Es ist dies, kurz gesagt, seine Tätigkeit als Minister im Herzogtum Sachsen-Weimar.

In dieser Funktion beriet er den Herzog nicht nur eingehend in schwierigen außenpolitischen Fragen – nachzulesen in der Schrift *Aus Goethes staatspolitischem Wirken* von Hans Tümmler –, sondern versah im einzelnen nach und nach das Amt des Vorsitzenden der Wegebaukommission, also des für die Entwicklung des Landes wichtigen Zweiges der Infrastruktur – mit den damals noch miserablen Straßen, sowie der Wasserbaukommission, was auch die Meliorisation der Felder einschloß; er stand der Kriegskommission und der Kommission für den Bergbau in Ilmenau vor, er leitete vor allem später die Finanzverwaltung, das Kernstück, darin er seine größte Leistung vollbrachte, indem er die damals durch Korruption bestehende Verschuldung ausglich. Immer mehr und mehr ist ihm auf Grund seiner hervorragenden Leistungen aufgebürdet worden, und immer mehr hat er auf seine Schultern genommen.

Wie aber kann ein Dichter derartige staatspolitisch-realistische Aufgaben erfüllen? Gilt doch ein Dichter – nach allgemeiner Meinung – und besonders nach der Auffassung Schillers in seiner Ballade von der *Teilung der Erde* – als weltfremd und unfähig, ins tätige Leben einzugreifen.

Doch Goethe vereinte beides in sich, er war ein Gott der Poesie und ein Mann der Tat zugleich. Nicht ohne Grund läßt er seinen Faust die Bibel – das Johannes-Evangelium – so übersetzen, daß am Anfang nicht das Wort – das ihm eigentlich lieber sein müßte –, sondern die Tat stehe.

Goethe. Büste in Gips von Christian Daniel Rauch, 1820

Und wie hat Goethe gewirkt! Mit welchem Verantwortungsbewußtsein und welcher Gewissenhaftigkeit, mit welchem Einsatz von Kraft und vor allem von Zeit ist er allem bis ins letzte Detail nachgegangen! Es ist bewegend, hierüber im einzelnen in der Schrift von Hans Bürgin *Der Minister Goethe vor der Römischen Reise – Seine Tätigkeit in der Wegebau- und Kriegskommission* zu lesen. Er war schließlich mehr tonangebend als der Erste Minister von Fritsch,[33] und in Wirtschaftsfragen kompetenter als der Conseil. Die Amtslast bereitete ihm deshalb aber auch Verdruß und Ekel.[34] Wie er an Frau von Stein schrieb, seien ihm manchmal die Knie zusammengebrochen, so schwer sei das Kreuz, das er – ohne Mitarbeiter – ganz allein trage. Besonders beklagte er, daß sich keine »neuen« Menschen finden, die das Gehörige sogleich ohne Mißgriff ausführen. So mußte er in vielem resignieren.

Seine Erschöpfung durch all dies hat Goethe auch in dem Gedicht *Wanderers Nachtlied,* dem zweiten unter diesem Titel, zum Ausdruck gebracht, das mit den Worten beginnt: »Der du von dem Himmel bist«. In seiner Jugendkraft war er dabei außerdem innerlich schweren Spannungen ausgesetzt, worauf Kurt Eissler in seiner *Psychoanalytischen Studie* hinweist.

Doch empfand er diese dornenvolle Tätigkeit zugleich als eine willkommene Betäubung seiner inneren Ruhelosigkeit, an der er in diesen Jahren litt. Ja, er betrachtete diesen Zustand zugleich als einen Reinigungsprozeß, der ihn von vielen »Schlacken« befreite, wie er in einem Brief vom 17. November 1782 an Fritz Heinrich Jacobi schrieb. Er war gewillt, sich disziplinieren zu lassen. Und er schätzte diesen Reifungsprozeß wegen des Gewinns an Weltkenntnis und Erfahrung.

Dennoch bedeutete der eingeschlagene Weg eine Vergewaltigung der eigenen Natur. Denn sein Sinnen ging in andere Richtung. So war es sein Wunsch gewesen, an der damals berühmten Universität Göttingen Literatur und Sprachen zu studieren. Statt dessen zwang ihn sein Vater, in Leipzig Jura zu studieren. Selbst Jurist und kaiserlicher Rat, trug sich der Vater mit der ehrgeizigen Hoffnung, sein Sohn werde einst, was ihm selbst verschlossen geblieben war, Mitglied des Frankfurter Magistrats werden, um dort Karriere zu machen. Noch an der Universität in Leipzig hatte Goethe einen Ausbruch aus dieser ihm aufgezwungenen Bahn versucht, was aber am verständlichen Widerstand seines Professors scheiterte.

Seine spätere große Italienreise unternahm Goethe in der Hauptsache zu dem Zweck, sich von der seelischen Belastung der übernommenen juristisch umsäumten Verwaltungsarbeit zu befreien. Gewiß hätte ihm in seinem Drang, Menschen Gutes zu erweisen, gerade diese Tätigkeit zur reinen Freude dienen können, wenn nicht viele seiner Bestrebungen am Widerstand der Zeit und des Regimes gescheitert wären. Er war deshalb zu dem vernichtenden Urteil gelangt, daß, wer sich mit Administration abgebe, ohne selbst regierender Herr zu sein, entweder ein Philister oder ein Schelm oder ein Narr sein müsse. Wenn er auch in seiner stets positiven Lebenseinstellung die Jahre der Amtsführung als eine »Reinigung von vielen Schlacken« betrachtete, so hatte ihn diese Tätigkeit doch zwangsläufig in eine schwere Identitätskrise geführt. Er war darum auch nicht gewillt, dieses seiner Natur fremde Joch nach seiner Rückkehr in der alten Form wieder auf sich zu nehmen. Der Herzog hatte hierfür auch Verständnis und betreute ihn im gegenseitigen Einvernehmen mit leichteren Aufgaben mehr musischer Art, so daß Goethe nun Zeit fand, sich auch seiner dichterischen Laufbahn zu widmen.

Ob Goethes Reise nach Italien zugleich eine Flucht vor Frau von Stein war, wie es in vielen Biographien heißt, soll hier nicht entschieden werden. Doch die Anzeichen sprechen eher dagegen. Kurt Eissler läßt in seiner *Psychoanalytischen Studie* nicht einmal die Deutung der Reise als »Flucht« gelten. Das Unternehmen sei vielmehr die Erfüllung einer Goethe von Jahr zu Jahr zunehmend quälenden Sehnsucht nach Rom und der Antike gewesen, die sein Vater, von seiner eigenen Italienreise begeistert, in ihm entfacht hatte. Die Reise gar als eine Flucht vor Charlotte von Stein zu erklären, hält auch Eissler für eine irrige Interpretation. Goethe hatte seine Abreise zwar vor ihr verheimlicht. Eingeweiht waren in sein Vorhaben nur der Herzog und sein Diener Stadelmann. An Frau von Stein schrieb er erst nach Wochen. Doch führte er, jedenfalls die erste Zeit, ein Tagebuch, durch dessen Eintragungen er ständig mit ihr kommunizierte. Das Tagebuch war zudem später für sie bestimmt. Wie sehr sich Goethe selbst nach so langer Trennung mit Frau von Stein verbunden fühlte, zeigt sein Unwille über den unfreundlichen Empfang, den sie ihm bereitete. Ihre Ablehnung wollte er gar nicht begreifen. Auch nicht nach seiner Verbindung mit Christiane Vulpius. Mit anderen Worten, er stand noch ganz so zu ihr wie vor seiner Abreise.

Warum Goethe Frau von Stein seine Abreise nicht hat wissen lassen, steht auf einem anderen Blatt. Goethe hat sich hierüber wohl nie geäußert. Denn über vieles schwieg er. So ist man auf Vermutungen angewiesen.

Die Reise sollte ihm, wie oben dargestellt, Befreiung von einem auf ihm lastenden Druck bringen. Dazu gehörte, daß er zunächst einmal alle Bande zerschnitt; das war Bedingung seines Unternehmens. Denn wäre da zu Hause noch jemand gewesen, der ihn »in Gedanken« begleitete, so hätte er sich bereits nicht mehr »frei« gefühlt, sondern an die »Leine« genommen empfunden. Auch war Goethe abergläubisch. Ohne völligen »Bruch« wäre er immer in Angst gewesen, daß die Reise im letzten Augenblick doch noch verhindert werden konnte.

Daß er Frau von Stein einen schweren seelischen Schock zufügte und sie, was nicht weniger wog, vor dem Weimarer Hofkreis kompromittierte, da sie trotz ihrer nahen Beziehungen über den Verbleib ihres Freundes ebensowenig wußte wie die Gesellschaft, scheint Goethe nicht bedacht zu haben. In seiner »völligen Unabhängigkeit« von seiner Umgebung, mit der er dem Leben gegenüberstand, sah er das nicht.

War also in der Berufswahl alles falsch gewesen, muß man fragen. Das kann man nicht so ohne weiteres sagen. Nur in seiner Eigenschaft als Jurist und »Dr. jur.«, als der er aus

Prestigegründen in Weimar angesprochen wurde, da der Titel eines Lizentiaten, den Goethe führte, dem Doktortitel im Werte gleichstand – nur in seiner Eigenschaft als Jurist konnte Goethe die hohe Stellung eines Ministers erlangen – und nur auf Grund seiner in dieser Position geleisteten außerordentlichen Verdienste dürfte ihm die Gunst eines fast zwei Jahre währenden voll bezahlten Urlaubs wie anschließend ab seinem vierzigsten Lebensjahr zweiundvierzig Jahre lang die Annehmlichkeit eines quasi halben Pensionsdaseins zuteil geworden sein, in dem er sich seinem dichterischen Vorhaben ganz widmen konnte. Nur der Dichtkunst zu leben, wäre Goethe andererseits zu wenig gewesen. Er brauchte auch den Griff ins Leben; seine Kraftnatur verlangte auch nach praktischer Betätigung, nur durfte sie ihn nicht aufzehren, wie das am Anfang der Fall gewesen war. Deshalb war er auch nach Weimar gegangen, »um sich in der Weltrolle zu versuchen«, wie er 1776 an Merck geschrieben hatte.

Um nun aber wieder zu Goethes Ministertätigkeit zurückzukehren, so fällt sogleich ins Auge, wie Goethe in seinem Tatendrang auch vor ungewöhnlichen Maßnahmen nicht zurückschreckte. So griff er zur Sicherung der Staatsfinanzen auch das Lieblingskind des Herzogs an, sein Militär, und verminderte es von 500 Infanteristen auf rund 250 Mann. Als Kammerpräsident mit der Reorganisation des Finanzwesens betraut, setzte er in einem Einnahme-Ausgabe-Etat zugleich die Grenze fest, bis zu der der Herzog, seinem Willen gemäß, Entnahmen vornehmen konnte, ohne den Haushalt zu gefährden, woran sich der Herzog jedoch, sehr zum Verdruß Goethes, nicht hielt. Als der Herzog einen Schauspieler einer Affäre wegen des Landes verweisen wollte, erhob Goethe in seiner Eigenschaft als Intendant des Weimarer Hoftheaters Einspruch und drohte mit seinem Rücktritt, falls dieses geschehe, worauf der Herzog von seinem Vorhaben abließ. Spricht und handelt so ein Fürstendiener, als den Goethe viele bezeichnet haben und heute noch bezeichnen?

Ein Bravourstück seiner Ministertätigkeit vollbrachte er mit einmaliger Durchschlagskraft in Ilmenau:

Ilmenau war arm und wurde durch den zu leistenden Frondienst und die Willkür und Korruption der herzoglichen Beamten an den Rand des Ruins gebracht. Mit einer Beschwerdeschrift »einer armen Bürgerschaft zu Ilmenau« versuchten die Bürger sich gegen die Übergriffe der herzoglichen Beamten zu wehren. Herzogin Anna Amalie, die Regentin, hatte dieses Aufbegehren in echt feudalistischer Einstellung durch eine militärische Strafexpedition niederschlagen lassen. Das war im Jahr 1768, sieben Jahre vor Goethes Eintreffen in Weimar.

Wie wenig man in der vorausgehenden Zeit auf die Bevölkerung Rücksicht genommen hatte, zeigt auch die Lebensweise von Carl Augusts Vater, des Herzogs Ernst August, der infolge seiner Baulust eine Schuldenlast von 300 000 Talern hinterlassen hatte – hauptsächlich Handwerker-Rechnungen, wovon besonders auch Ilmenau betroffen war, in dessen Bereich Schloßbauten dieses Herrschers lagen.

Das war der Sachverhalt, auf den Goethe stieß, als er sich

in Ilmenau mit der Wiederbelebung des dortigen Bergbaus beschäftigte. Um sich ein klares Bild von den internen Verhältnissen der Stadt zu verschaffen, bediente er sich zunächst eines geheimen Agenten, der Erkundungen anstellte und Goethe berichtete. Goethe ließ darauf den betrügerischen Steuereinnehmer verhaften und brachte ihn ins Zuchthaus, obwohl der Betreffende sogar die Protektion von Goethes Minister-Kollegen besaß.

Goethe nahm hier also die Bürger gegen eine Willkürherrschaft der Obrigkeit in Schutz.

Goethes so tatkräftige Einstellung zeigt sich auch schon in kleinen Äußerungen wie der über einen Brief, den er von dem damals bekannten Salzbohrer in Stotternheim erhalten hatte. Dieser teilte ihm mit, er habe – durch Nichtabdichten der Schachtwände und darauf erfolgtem Absacken von Erdmassen – tausend Taler verloren, wodurch er eine Erfahrung gemacht habe, die ihm nicht verloren sein solle. Im Gespräch vom 24. Januar 1830 wandte Goethe sich hierauf mit den begeisterten Worten an Eckermann: »Ich habe eine Erfahrung gemacht, die mir nicht verloren sein soll. Das nenne ich doch einen Menschen, an dem man Freude hat und der, ohne zu klagen, gleich wieder tätig ist und immer auf den Füßen steht. Was sagen Sie dazu?«

Eine solche Haltung war es, die seiner eigenen Einstellung entsprach.

Goethes Entschlossenheit erwies sich auch in folgendem Fall. Nach seiner Rückkehr aus Italien 1790 war er, wie gesagt, auf seinen Wunsch hin von dem ihm inzwischen verhaßt gewordenen Dienst im Conseil der Regierung, dem späteren »Staatsministerium«, entbunden worden. Man hatte ihm aber weiter als »Staatsminister«, seiner Anregung folgend, die »Oberaufsicht über die unmittelbaren Anstalten für Wissenschaft und Kunst in Weimar und Jena« übertragen, wozu außer dem Theater, wenn auch nicht die Universität, so doch elf Institute sowie die Bibliothek zählten. Die letztere bereitete ihm besondere Sorgen. Denn die vorhandenen Bibliotheksräume waren feucht und eng und genügten in keiner Weise mehr dem angewachsenen Bücherbestand, der durch den Ankauf von 13 000 Bänden einer Bibliothek seitens des Herzogs überzuquellen drohte. Für einen Neubau fehlten die Mittel. Doch bot sich zur Erweiterung der Bibliotheksräume ein unmittelbar angrenzender Saal an, der leer stand, nur daß er gelegentlich von der Fakultät der Mediziner für ihre Konferenzen benutzt wurde. Die Mediziner waren jedoch zu einer Abtretung nicht bereit, es sei denn, es werde ihnen ein neuer Saal erbaut, und zwar sofort. Goethe erklärte sich bereit, ein anderes Lokal herrichten zu lassen, allein einen sofortigen Neubau könne er nicht versprechen. Als er am anderen Morgen hinschickte, um sich den Schlüssel zu erbitten, hieß es, der Schlüssel sei nicht zu finden.

Was tun? Goethe wollte zum Ziele kommen. Bei der »Teilung der Erde« hielt er sich nicht lange auf. Er ließ einen Maurer antreten, führte ihn in der Bibliothek vor die Wand des angrenzenden Saales und ließ ihn – unter aufmunternden Worten – die Wand »prüfen«. Sehr bald fielen die Steine der dünnen Wand, es wurde eine Tür hineingeschlagen, und schleunigst ergriffen die Bibliotheks-Bediensteten von dem neuen Raum Besitz und brachten den bisher auf dem Fußboden der Bibliothek gelagerten Bücherbestand dort fachgemäß unter. Als die Mediziner bald darauf den Saal benutzen wollten, waren sie über diese grundlegende Veränderung verdutzt und zogen sich still zurück. Im Verein bewahrten sie gegen Goethe einen heimlichen Groll, im persönlichen Verkehr und an Goethes Tafel waren sie jedoch als einzelne sehr charmant und liebe Freunde Goethes. Goethe hatte die Aktion für alle Fälle mit dem Herzog vorher abgesprochen, der sich darauf über die unbürokratische Handlungsweise sehr amüsierte.[35]

Goethe machte nie viele Worte, sondern handelte. Das zeigte sich auch bei geringen Anlässen. Als die »schöne Mailänderin«, von der er in seiner *Italienischen Reise* schwärmt, es so sehr beklagte, der englischen Sprache nicht mächtig zu sein, die in ihrem Bekanntenkreis und auch von ihrem Bruder viel gesprochen werde und die ihr in englischen Zeitungen mit Nachrichten aus der ganzen Welt vor Augen liege, zögerte Goethe nicht, ihr – auf der Stelle – einen Grundunterricht in Englisch zu erteilen, um sie von der Leichtigkeit zu überzeugen, mit der diese Sprache bei der an ihr bemerkten Strebsamkeit zu erlernen sei. Er ergriff eines der umherliegenden englischen Blätter und wählte daraus einen spannenden Artikel aus. Es handelte sich darin um ein Frauenzimmer, das ins Wasser gefallen war oder sich ins Wasser gestürzt hatte, jedoch von einem ihrer Verehrer gerettet worden war. Goethe übersetzte ihr alle Substantive und examinierte sie, ob sie ihre Bedeutung auch behalten hatte. Darauf ging er zu den Verben über und zeigte ihr, wie sie das Ganze beleben. Er »katechierte« sie so lange, bis sie ihm – unaufgefordert – die ganze Stelle, als stünde sie in Italienisch auf dem Papier, vorlas, was nicht ohne innere Bewegung geschah.

Wie Goethe schreibt, habe er nicht oft eine so herzlich geistige Freude gesehen, mit der diese Dame die Möglichkeit einer Erfüllung ihrer sehnlichsten Wünsche versuchsweise so nahe gerückt sah (entnommen der *Italienischen Reise* im Bericht vom »Oktober« 1887). Wo auch immer, Goethe war ein Mann der Tat.

Zu seiner Charakterisierung kann auch die Episode herangezogen werden, die in seinem Bericht über die *Belagerung von Mainz* enthalten ist. Es ging dort um folgendes. Nach der Übergabe von Mainz war den »Clubisten« – Franzosen, die das Volk gequält hatten –, freier Abzug gewährt worden. Da mußte Goethe erleben, wie nach der Übergabe der Stadt einer der verhaßten Clubisten von der erregten Volksmenge aus dem Wagen gezerrt und, auf offnes Feld geschleppt, halb zu Tode geprügelt worden war. Als sich darauf eine ganz ähnliche Szene innerhalb der Stadt vor der Residenz des Herzogs von Weimar, wo sich Goethe zu diesem Zeitpunkt gerade aufhielt, abspielen wollte, stürmte Goethe aus dem Haus und gebot mit dröhnender Stimme der Menge »Halt!« Mit beredten Worten stellte er den Rädelsführern vor, daß den abziehenden Gegnern von der Obrigkeit freies Geleit zugesichert worden sei, so daß es ihnen – dem Volk – nicht zustehe, hier eine Privatjustiz zu üben. Hierauf wich die Menge zurück, und der Bedrohte und seine Dame, beide zu Pferde, konnten passieren.

Als ihm sein Freund Gore, wie Goethe schreibt, vorhielt, in welche Gefahr er sich begeben habe, habe er ihn mit den Worten abgewiesen, es liege nun einmal in seiner Natur – er wolle lieber eine Ungerechtigkeit begehen, als Unordnung zu ertragen.[36] Es ging hier Goethe ums Prinzip. Deshalb nannte er dem befreiten Paar auch nicht seinen Namen, um den ihn der von Dank erfüllte Herr gebeten hatte.

Immer wieder muß man sich vor Augen halten, daß Goethe, wie eingangs gesagt, zu seiner Zeit mehr noch durch seine Persönlichkeit als durch seine Werke berühmt war. Wird uns darum Goethe heute immer wieder hauptsächlich nur als Dichter vorgestellt, so besaß er doch darüber hinaus eine ungeheure Entschlossenheit und Kraft, durch die es für ihn kaum eine Situation gab, die er nicht zu meistern verstand. Als ein weiteres Beispiel hierfür sei noch folgender Fall angeführt.

Es handelt sich um eine Begebenheit zu Schiff auf der Rückreise von Sizilien nach Neapel, die Goethe in seinen Aufzeichnungen der *Italienischen Reise* unter dem 16. Mai 1787 schildert. Als das Schiff sich schon seinem Ziel, Neapel, näherte, trat eine Windstille ein. Das Schiff verlor dadurch seinen Kurs und wurde zunehmend durch eine Strömung nach links auf die im Abendlicht »finster« aufsteigenden Felswände der Insel Capri zugetrieben. Man sah das Schiff in Gedanken schon an der Steilküste zerschellen, an der es für Schiffbrüchige keine Rettung gab. Die Passagiere, und darunter besonders die Frauen, gerieten in Panik. Man beschimpfte Kapitän und Steuermann und warf ihnen alles vor, ihre Unfähigkeit, ein Schiff zu führen, und ihren Eigennutz, für teures Geld nur Schlechtes zu bieten. Da trat Goethe vor die Menge und hielt ihr vor, wie sehr gerade durch ihr Lärmen und Schreien diejenigen verwirrt und gehindert würden, von denen allein Rettung zu erhoffen sei. Er rief ihnen zu, sie möchten in sich selbst zurückkehren und ihr brünstiges Gebet zur Mutter Gottes wenden, auf die es allein ankomme. Sie möge sich bei ihrem Sohne verwenden, daß er für sie tue, was er damals für seine Apostel getan, als auf dem stürmenden See Tiberias die Wellen schon in das Schiff schlugen. Der Herr aber schlief. Als ihn jedoch die Trost- und Hilflosen aufweckten, gebot er sogleich dem Winde zu ruhen, wie er jetzt der Luft gebieten könne sich zu regen, wenn es anders sein heiliger Wille sei.

Diese Worte taten ihre Wirkung. Es trat Stille ein, und alle begannen inbrünstig zu beten. Die Schiffsbesatzung versuchte einige Rettungsmittel, die in die Augen fielen, wenn ihnen auch, wie nicht vorauszusehen war, kein Erfolg beschieden war. Goethe selbst begab sich in seine Kajüte und legte sich hin, durch das Schwanken des Schiffes erneut von der ihn verfolgenden Seekrankheit getroffen. Wie er schreibt, hätten ihn im Liegen angenehme Empfindungen begleitet, die er dem See Tiberias zuschreibe, dessen Bild ihm deutlich aus der Kupferbibel Merians vor Augen geschwebt habe. Wie lange er so im Halbschlaf gelegen habe, könne er nicht sagen, aber ein gewaltiges Getöse habe ihn geweckt. Wie deutlich zu vernehmen gewesen, waren es große Seile, die auf Deck hin- und hergeschleppt wurden:

Ein Windhauch war aufgekommen, und man hatte Segel gesetzt, wodurch sich das Schiff sichtbar von den Felsen entfernte und außer Gefahr kam. Die Reise ging darauf glücklich zu Ende.

Goethe schreibt zu dem Vorfall, er habe vor der aufgeregten Menge, der der Kapitän nichts entgegenzusetzen vermochte, nicht länger schweigen können, weil ihm »von Jugend auf Anarchie verdrießlicher gewesen sei als der Tod selbst«.

Goethe besaß nach alledem ein »strenges Herz«, von dem er auch in der seinem *Faust* vorangestellten »Zuneigung« spricht. Er war beherrscht von ehernen Leitsätzen. Eine solche Grundeinstellung war es denn wohl auch, die ihn veranlaßte, als die Frage an ihn herantrat, zusammen mit seinen beiden Minister-Kollegen für die weitere Beibehaltung der Todesstrafe im Fall einer Mutter zu stimmen, die ihr uneheliches Kind getötet hatte. Das erscheint insofern befremdlich, als Goethe im *Faust I* die Tragödie Gretchens herzzerreißend schildert und im *Werther* für das Mädchen eintritt, das »in einer wonnevollen Stunde sich in die unaufhaltsame Freude der Liebe verliert«, sowie in seinem Gedicht *Vor Gericht,* das mit den Worten beginnt »Von wem ich es hab', das sag ich euch nicht«, sich nicht weniger warmherzig für die uneheliche Kindesmutter einsetzt. Obendrein weist Goethe in seinen Lebensaufzeichnungen auf die Errungenschaften der Aufklärung hin: Es sollte mehr nach Billigkeit geurteilt werden, wonach das Menschliche betont, Verbrechen entschuldigt, Strafen gemildert und Gefängnisse gebessert würden.[37] Dennoch hielt er für Mord die Todesstrafe für notwendig. Erachtete Kant bei Mord die Todesstrafe aus dem Gebot der Vergeltung für unabdingbar[38], so argumentiert Goethe in seinen *Maximen und Reflexionen*: »Wenn sich die Sozietät des Rechts begibt, die Todesstrafe zu verfügen, so tritt die Selbsthilfe unmittelbar wieder hervor, die Blutrache klopft an die Tür«[39]. Um es mit den Worten des damaligen Staatslehrers Möser zu sagen, so ist die staatliche Todesstrafe der Preis, um den die Staatsgewalt den Angehörigen des Ermordeten das ursprüngliche Recht auf Privatrache abgekauft hat.[40] Man bejahte damals also noch das aus dem Mittelalter stammende Recht auf Blutrache, die die verletzte Sippenehre wiederherstellen und Sühne leisten sollte und deshalb sogar als Pflicht galt. Trifft diese Auffassung auch nicht gerade auf den vorliegenden Fall der Kindstötung zu, so gibt sie doch Einblick in Goethes Gedankengänge. Dabei mag bei seiner Einstellung auch das Moment der Abschreckung und vor allem der »Aufrechterhaltung der Ordnung« mitgespielt haben.

An eine Besserung des Loses der unehelichen Mutter hatte man damals noch nicht gedacht. Auf die Anregung des Ministers von Fritsch, für derartige Fälle strafrechtlich eine Sonderregelung zu treffen, war man nicht eingegangen. Die Todesstrafe etwa ganz allgemein abzuschaffen, lag nicht im Zeichen der Zeit.*

* Siehe hierzu auch den Artikel des Autors über Goethes »Juristische Tätigkeit« im Goethe-Handbuch, Band 4/1, S. 591–594, München und Stuttgart 1997

Goethe als Aristokrat und Humanist

Goethe ist, wie schon erwähnt, ein Fürstendiener gescholten worden, ehedem besonders von Ludwig Börne in seinen *Briefen aus Paris,* vierzehnter Brief vom 20. November 1830, wo er sich lauthals dem Zitat eines Wiener Gelehrten anschließt, der Goethe einen Despotendiener und deshalb einen »Krebsschaden« am deutschen Körper nennt.

Goethe war indes Aristokrat und Humanist zugleich. Aristokrat insofern, als eine »Volksherrschaft« für ihn unvorstellbar war. Das Regieren konnte seiner Auffassung nach nur von dazu prädestinierten Personen ausgeübt werden. Er hielt deshalb fest zu dem bestehenden Regime. Insofern kann man Goethe als einen »Erz-Konservativen« bezeichnen. Man beschimpfte ihn deshalb auch als »Reaktionär« und »Fürstenknecht«. Doch Goethe wehrte sich mit Recht dagegen. Denn was die Regierungs-Führung, im Gegensatz zur Regierungs-Form, anbelangt, so waren seine Ziele viel weiter gesteckt und vor allem viel sozialer als die aller Liberalen. So verwendete er sich zum Beispiel für eine Zerschlagung der Kammergüter, um durch eine Landverteilung den Ärmsten der Armen eine Verdienstgrundlage zu schaffen. Doch der Zeitgeist »in Gestalt von Landtagen und Feudalen, fiel ihm ins Werk«.[41] Auch vieles andere hat Goethe, wie schon vermerkt, zu ändern versucht und teilweise auch verändert. Einen Niederschlag haben diese Bestrebungen auch in *Wilhelm Meisters Lehrjahren* gefunden, wo Goethe Lothario den Wunsch äußern läßt, die »Leibeigenschaft aufzuheben« und Pächter und Bauern »am Gewinn zu beteiligen«, während Therese von einer »Lockerung der Standesgrenzen« spricht.[42]

Daß Goethe auf seiten der Reaktion stand, darf jedenfalls nicht verwundern. Den regierenden Häusern erschienen damals demokratische Bestrebungen als etwas ebenso Gefahrvolles wie uns heute totalitäre Umtriebe von links und rechts. Denn jeder Staat, welche Verfassung er nun auch hat, wehrt sich gegen diejenigen, die seine Verfassung ändern wollen. Nach den Ereignissen der Französischen Revolution und nach dem gemeinsamen Sieg über Napoleon, durch den sich alle Deutschen zu einer Einheit verbunden fühlten und Intelligenz und Jugend sich nach Freiheit, Gleichheit und Brüderlichkeit sehnten, begann es nun allerdings mächtig in

Goethe. Porträtmedaillon in Gips von Johann Gottfried Schadow, 1816

den Ländern zu gären, was dann ja auch im Jahr 1848 zum Ausbruch kam und in manchen deutschen Ländern zu Aufruhr, Verwüstungen, Vertreibungen, Plünderungen, Brandschatzungen und Toten geführt hat. Die Fürsten fühlten sich deshalb nicht mehr sicher auf ihren Sitzen. Es ist erklärlich, wenn sie alles aufboten, ihre Vorherrschaft zu schützen. An ihrer Seite Goethe, schon auf Grund seiner, wie schon hervorgehoben, aristokratischen Einstellung. Eine Demokratie, eine Herrschaft des *demos,* des Volkes, bedeutete für ihn mehr oder weniger das »Chaos«. So läßt Goethe in den *Wahlverwandtschaften* im sechsten Kapitel auch Eduard unumwunden sich dahingehend äußern, daß die Menge im Täglichen zwar ganz verständig sei, aber selten weiter als auf morgen sehe, weshalb alles eigentlich Gute durch das »unumschränkte Majestätsrecht« gefördert werden müsse. Goethe war allein schon ein Feind langwieriger, in seinen Augen überflüssiger Debatten, wie er sie bereits bei den Landständen erlebt hatte. Daß als »mündiger Bürger« jeder gegen jeden redet, seine Meinung durch Demonstrationen zum Ausdruck bringt, sie sogar mit Streiks und Besetzungen durchzudrücken versucht, wäre für ihn undenkbar gewesen. Man darf deshalb an Goethe nicht irre werden, wenn er gegen alle demokratischen Bestrebungen autoritär vorging, wenn er Kritik nicht duldete und die im Staate Weimar bestehende bemerkenswerte Pressefreiheit am liebsten aufgehoben und die Zensur wieder eingeführt hätte. Er verfolgte das alles nur im Sinn eines klaren Regierungskonzeptes. Nach Pressefreiheit, sagt er, strebe überdies nur der, der sie mißbrauchen wolle.[43]

Als Beispiel für seine überaus autoritäre Einstellung sei der Fall des Jenaer Professors Gruner angeführt. Aus wissenschaftlichen Gründen hatte dieser im Jahre 1801 in einer öffentlichen Preisschrift eines der zwölf herzoglichen Institute kritisiert und war deshalb vor den Geheimen Conseil gerufen und in Anwesenheit Goethes unbarmherzig gemaßregelt worden. Goethe betreffend ließen sich noch manche derartige Beispiele finden.

Daniel Wilson, der in seinem Buch *Geheimräte gegen Geheimbünde* mit Recht gegen eine Verhimmelung Goethes Stellung nimmt und aus dem das vorstehende Beispiel für Goethes starre Haltung entnommen worden ist,[44] hat indes drei Vorwürfe gegen Goethe erhoben, die nicht unwidersprochen bleiben dürfen.

Sie enthalten Verunglimpfungen Goethes, die Wilson sich nicht gescheut hat, in die Wochenzeitung »Die Zeit« hineinzutragen. Die Angelegenheit will deshalb sorgfältig geprüft werden.*

So behauptet Wilson einmal, Goethe habe an der Entlassung Fichtes aus egoistischen Motiven mitgewirkt, weil ihm die Person Schellings inzwischen interessanter geworden sei. Sein Mitwirken an der Entlassung aber habe er in dem »Tages- und Jahresheft« von 1803 bewußt der Wahrheit zuwider verschleiert.

* Wenn sich der geneigte Leser durch die folgenden speziellen Ausführungen nicht aufhalten lassen möchte, sollte er die Lektüre auf Seite 86 wieder aufnehmen.

Zu dieser Deutung ist Wilson jedoch nur gekommen, weil er ein Schreiben des Herzogs an seinen Minister Voigt, aus dem Goethes freundliche Haltung gegenüber Fichte klar hervorgeht, unbeachtet gelassen hat, wie hier näher dargelegt werden soll.

Wie auch Wilson und erst recht der von ihm zitierte Fallbacher einräumen, bestanden gegen Fichte erhebliche Bedenken. Schon seine Berufung war ein Wagnis, wie Goethe schreibt, der ihn zunächst empfohlen hatte. Hatte Fichte doch – wenn auch anonym, so doch allen bekannt – eine bedenkliche Schrift über die Botschaft der Französischen Revolution verfaßt. Selbst nach seinem Amtsantritt ließ er nicht davon ab, hiervon eine neue Auflage erscheinen zu lassen. Nicht lange im Lehramt, verkündete er, daß es in zwanzig bis dreißig Jahren keine Regenten und Könige mehr geben werde (was jedoch erst hundert Jahre später zutraf).

In dem von ihm herausgegebenen »Philosophischen Journal« vertrat Fichte atheistische Anschauungen, die Kursachsen veranlaßten, bei der Regierung in Weimar nachzusuchen, das Journal einzuziehen und seine Herausgeber zu bestrafen. Das war insofern von nicht geringer Bedeutung, als Kursachsen neben Preußen Weimars mächtigster Nachbar war. Kursachsen hatte außerdem gedroht, seinen Studenten den Besuch der Jenaer Universität zu verbieten, eine Maßnahme, die Rußland, der Zar, bereits getroffen hatte. Der Zustrom von Studenten war aber eine nicht unwesentliche Einnahmequelle des Staates. Hinzu kam, daß das Fürstentum Gotha, das neben Coburg und Meiningen für die Erhaltung der Universität aufkommen mußte, die Entfernung Fichtes wünschte, weil unter seinem Einfluß keine für die Praxis geeigneten Theologen und Juristen herangebildet würden.

Mit Rücksicht auf die unangenehmen Klagen der Nachbarstaaten, mehr aber noch wegen Fichtes demokratischer Einstellung und damit »politischen Unzuverlässigkeit«, war die Regierung in Weimar gesonnen, Fichte so bald wie möglich loszuwerden. Doch durfte eine solche Maßnahme die Öffentlichkeit nicht verprellen und den Ruf der Universität Jena als weitest fortgeschrittene Stätte der Philosophie nicht schädigen. Da bot ein unbotmäßiges Schreiben Fichtes selbst eine willkommene Handhabe für die Relegierung. Darin tat er kund, er werde, wollte man ihm auf Grund seiner angeblich atheistischen Äußerungen einen Verweis erteilen, sogleich um seine Entlassung wegen Verletzung der Lehrfreiheit ersuchen, auch würden mit ihm andere Professoren die Universität verlassen; alles sei schon geplant, den Fall aber werde er publik machen. Dieses Drohschreiben also nahm man zum Anlaß für Fichtes sofortige Entlassung. Auch der Öffentlichkeit gegenüber gab man die Äußerungen Fichtes in diesem Schreiben wegen ihres Angriffs gegen die Staatsgewalt als alleinigen Entlassungsgrund an.

Ganz anders berichtet nun Goethe über diese Vorgänge in seinen Annalen der »Tages- und Jahreshefte« von 1803, also vier Jahre nach Fichtes Entlassung. Bei ihm heißt es: Fichte sei ohne Ahnung gewesen, wie man seine Gedanken, seine Worte auszulegen willens gewesen sei – gemeint sind seine als atheistisch gedeuteten Äußerungen in dem »Philosophischen Journal«. Doch durch Fichtes heftiges Schreiben sei auf einmal aller gegen ihn gehegter guter Wille gehemmt, ja paralysiert worden. Hier sei kein Ausweg mehr geblieben, keine Vermittlung mehr möglich gewesen, als ihm ohne weiteres – als das Gelindeste – seine Entlassung zu erteilen.

Diese Äußerungen Goethes greift nun Wilson auf, um sie als »eindeutig falsch« zu bezeichnen und damit als Lüge hinzustellen.[45] Goethe habe sich hier ein Mäntelchen umhängen wollen, um der Kritik der Umwelt zu entgehen, die zum Teil für Fichte eingetreten war.

Um seine These zu erhärten, daß der Wille, Fichte zu entlassen, eindeutig bereits vor Eingang des kritischen Schreibens Fichtes bestanden hat, das Schreiben also ohne Frage nur als Vorwand gedient habe, weist Wilson auf zwei von Fallbacher in seinem Buch *Fichtes Entlassung* zitierte Schreiben Voigts hin[46], einmal auf das Schreiben an Goethe vom 7. April 1799, in dem Voigt berichtet, er habe dem Überbringer von Fichtes Schreiben Entrüstung über dessen Inhalt vorgespiegelt, damit er nicht merke, wie froh man sei, gerade durch dieses Schreiben nun einen Anlaß für die Entlassung zu erhalten, zum andern auf ein Schreiben Voigts nach Gotha an den Minister von Frankenberg, dem er den Brief Fichtes abschriftlich mitteilt mit dem Bemerken, dieses Schreiben biete eine so bequeme Gelegenheit für ein Vorgehen gegen Fichte, daß man sie in Weimar ohne allen Verzug ergreifen wolle, ehe Herr Fichte sich eines anderen besinne.

Gewiß ergibt sich danach, daß man das Schreiben Fichtes nur zum Vorwand genommen hatte und in Wahrheit andere Gründe für Fichtes Entlassung ausschlaggebend gewesen waren. Doch geben diese Äußerungen Voigts nur den Willen der Regierung wieder, nicht den Goethes, der der Regierung schon seit zehn Jahren nicht mehr angehörte, wenn auch Minister von Voigt, als für die Universität Jena zuständig, mit Goethe freundschaftlich zusammenarbeitete und ihn um seinen Rat anging.

Im Unterschied nämlich zu dem verärgerten Voigt und dem noch mehr verärgerten Herzog, der sich seine Universität nicht durch einen »Querkopf« wie Fichte »ruinieren« lassen wollte, war Goethe Fichte freundlich gesonnen und bewahrte ihm die Sympathie bis zum Eintreffen des kritischen Schreibens. Das ergibt sich mit aller Klarheit aus einem – Wilson bekannten, von ihm aber nicht beachteten – Schreiben des Herzogs an Voigt vom 26. Dezember 1798, dem zweiten Schreiben an diesem Tag, das ein Gespräch zwischen dem Herzog und Goethe in Sachen Fichte wiedergibt, in dem der Herzog vergeblich versucht hatte, Goethe auf die Seite der Regierung zu ziehen. Der Herzog schrieb deshalb an Voigt, er habe sich über Goethe wohl zehnmal halb zuschanden geärgert, mit welchem Leichtsinn er über die Angelegenheit Fichte hinweggehe und Geschmack an dessen albernem kritischen Wesen finde, statt bei seiner häufigen Anwesenheit in Jena für Ordnung zu sorgen. Er habe das Gespräch mit ihm abgebrochen, weil mit Goethe nicht zu reden gewesen sei und er sich in Sophismen verloren habe. Er bitte ihn, Voigt, Goethe seinen Standpunkt klarzumachen und ihn besonders auf die politische Bedeutung des Falles, der Goethe offenbar keine Beachtung geschenkt hatte, hinzuweisen. Schon seit vier bis fünf Jahren erbose er sich über das Gebaren Fichtes. Aber Goethe zeige einen Widerwillen, die Sache anzupacken, mit anderen Worten, Fichte in seine Schranken zu weisen.

Aus diesem Schreiben des Herzogs – bei Tümmler wörtlich wiedergegeben – dürfte zweifelsfrei hervorgehen, daß Goethe für Fichte eingenommen war und ihm mit Sympathie begegnete. Auch durch die Zurechtweisung des Herzogs ließ er sich in seiner Einstellung nicht beirren, sondern schrieb vielmehr an Voigt, des Serenissimi Strafrede sei gut gedacht und geschrieben, es bleibe ihnen aber nur, in dieser Sache gelassen und der ruhigen Gerechtigkeit gemäß zu verfahren und erst die Verteidigung zu hören und dann weiterzuschreiten, wie man das vorher schon miteinander abgesprochen hatte. Man gieße einige Tonnen Öl aus, schrieb er, um die Wellen um das Schiff zu besänftigen.[47]

Selbst als Fichtes Brief eingegangen war, trug Voigt dem Herzog noch als Alternative Goethes ursprüngliche gemäßigte Formulierung einer Antwort vor. Goethes Einstellung indes hatte sich durch die Arroganz von Fichtes Schreiben schlagartig geändert und er trat nun, wie der Herzog, für die sofortige Entlassung Fichtes ein.

Wenn der Sohn Fichtes schreibt: »Wie wir aus sicherer mündlicher Überlieferung wissen, war es Goethe, der bei dem Schwanken der anderen Räte, namentlich des Geheimrats Voigt, die Maßregel durchsetzte, Fichte die Demission (sofort) zu erteilen«, so dürfte sich diese Stelle auf den Gefühlsausbruch beziehen, den Fichtes Schreiben in Goethe ausgelöst hatte.[48] Ein solches Auftreten gegenüber einer Obrigkeit verletzte Goethes autoritäres Denken zutiefst.

Vielleicht fühlte er sich hierdurch auch persönlich getroffen. Noch ein Vierteljahr nach Fichtes Entlassung schrieb Goethe am 30. August 1799 an seinen Schwager Schlosser, er gestehe gern, daß er gegen seinen eignen Sohn stimmen würde, wenn er sich gegen ein Gouvernement eine solche Sprache erlaube.

Wenn die oben zitierte Schilderung in den Tages- und Jahresheften von 1803 in der unpersönlichen Man-Form abgefaßt ist, so darf man sich dadurch nicht irre machen lassen: Goethe schrieb selten in der Ich-Form, sondern, wie seine Lebenserinnerungen in *Dichtung und Wahrheit* zeigen, meist in der Wir-Form oder eben in der Man-Form. Was er in diesem Bericht schreibt, bezieht sich allein auf seine Person. Er schildert hier den Fall souverän von seiner Warte aus, wie er sich seinerseits der Sache angenommen hatte.

Auch darf man aus der Tatsache, daß sich Goethe seine in dieser Angelegenheit geschriebenen Briefe sogleich wieder zurückgeben ließ und vernichtete, keine falschen Schlüsse ziehen und hierin nicht etwa das Eingeständnis eines Fehlers suchen, wie das Wilson und Fallbacher tun. Goethe fühlte sich mit seiner Entscheidung gegen Fichte durchaus im Recht. Zudem hatte er einer Fichte günstig gesinnten Öffentlichkeit gegenüber nichts zu verbergen; waren doch seine Schreiben in dieser Sache immer wohlwollend gewesen. Viel eher konnte ihm daran gelegen sein, daß nicht etwa der Herzog diese Schreiben zu Gesicht bekam, weil er darin trotz der herzoglichen Zurechtweisung seine milde Einstellung gegenüber Fichte vorerst beibehalten hatte.

Auch ist nicht auszuschließen, daß Goethe selbst an den

Fall nicht mehr erinnert werden wollte, weil ihn Verwaltungsgeschäfte dieser Art abstießen. Spricht ja selbst der Herzog von Goethes »Widerwillen«, die Sache »anzupacken«. Es kann aber nicht oft genug daran erinnert werden, wie sehr Goethe darum bemüht war, unangenehme Eindrücke von sich fernzuhalten. Mit der Vernichtung der Briefe sollte der Fall für ihn womöglich symbolisch ausgelöscht werden. Goethe hat auch in anderen Fällen eigene Briefe vernichtet.

Über Goethe sind zwar, wenn auch in anderem Zusammenhang, seit 1950 mehr als 20 000 Abhandlungen erschienen. Ungeachtet dessen hat sich die vorliegende Arbeit die Aufgabe gestellt, Goethe gegen ungerechtfertigte Vorwürfe zu verteidigen und sich mit Vorurteilen auseinanderzusetzen, ohne aber den einzelnen Fall beschönigen zu wollen. Zwar kann man die Auffassung vertreten, wie das von elitären Kreisen geschieht, daß man bei Goethe nicht von »Schuld« sprechen könne, da sich Goethe durch seine Persönlichkeit selbst verteidige. So sehen es aber viele Menschen nicht, die Realität verhält sich leider anders. Man kann sie auch nicht dadurch verdrängen, daß man darüber schweigt. Von seiner Zeit angefangen bis in die Gegenwart, und hier besonders, ist man bemüht gewesen, Goethe das Wasser abzugraben und ihn mit Beschuldigungen zu überhäufen. So eben auch durch Wilson, der Goethe der Unwahrhaftigkeit bezichtigt. Infolge Außerachtlassung des oben zitierten Schreibens des Herzogs ist Wilson, obwohl ihm das Schreiben vorgelegen hat[49], und ebenso Fallbacher, der das Schreiben mit dem Hinweis abtut, daß es eine herbe Zurechtweisung Goethes enthalte[50], ohne daraus aber die entsprechenden Schlüsse zu ziehen, zu der haltlosen Behauptung gelangt, auch Goethe sei, wie er in seinen Annalen angibt, wie die Regierung von vornherein für die Entlassung Fichtes eingetreten. Und zwar, wie Wilson – ohne nähere Angaben – hinzufügt, aus egoistischen Motiven, weil die Person Fichtes als Wissenschaftler für ihn von keiner Bedeutung mehr gewesen sei, sondern nun der als Nachfolger bestimmte Schelling sein Interesse erregt habe[51] – ein schwerer Vorwurf also. Hätte Goethe so gedacht, wie Wilson meint, dann würde er sich anders verhalten haben: In dem Gespräch mit dem Herzog hätte er diesem nicht dauernd widersprochen, sondern sich dessen Argumente zu eigen gemacht, und im Schriftverkehr mit Voigt hätte er nicht schonungsvoll retardiert, sondern auf Beschleunigung des Verfahrens gedrängt. Doch das Gegenteil war der Fall. Denn, um es in einem Satz zu sagen, Goethe hatte infolge seines sich auf Spinoza gründenden Pantheismus Verständnis und Sympathie für den Atheismus Fichtes, der die These vertrat, daß »die lebendige und wirkende moralische Ordnung [bzw. Weltordnung] selbst Gott« sei und es daher keines anderen Gottes bedürfe, wie Heinrich Heine, Goethe in Schutz nehmend, in seiner Schrift *Zur Geschichte der Religion und Philosophie in Deutschland* (in der Mitte der Ausführungen) näher darlegt.

Gewiß war Goethe an Schelling interessiert, wie er in einem Brief an Voigt vom 26. Juni 1798 zum Ausdruck gebracht hat.[52] Goethe schreibt dort, daß er sich bei seinen

Arbeiten durch Schelling sehr gefördert sehen würde. Das war aber ein halbes Jahr bevor sich der Fall Fichte ereignete. Auch schreibt dort Goethe weiter, ob man sich nicht vielleicht entschließen könne, zu Schellings Gunsten etwas bei den übrigen Höfen für ihn zu tun. Goethe denkt hier also nicht nur an sich, sondern fördert gern junge Talente. Natürlich bestand sein Interesse an Schelling auch noch, als sich die Angelegenheit Fichte entwickelte. Doch deutet nach den vorstehenden Ausführungen nichts darauf hin, daß die plötzliche Sinnesänderung Goethes, für die sofortige Entlassung Fichtes einzutreten, in der Person Schellings begründet war.

Siehe hierzu auch Hans Tümmler: Replik auf Professor W. Daniel Wilsons »Zeit«-Artikel, in: Goethe – Jahrbuch – Bd. 112 (1995), S. 399–402, sowie Jutta Lindner: *Ästhetische Erziehung*, S. 37/38, 53.

Außer der Mitwirkung an Fichtes Entlassung wirft Wilson Goethe weiterhin vor, die Jenaer Professoren eingeschüchtert und überwacht zu haben, wie es nach Fichtes Entfernung ab 1799 geschah und geschehen mußte, damit sich ein ähnlicher Fall nicht wiederhole.

Unter der Überschrift »Zum Dichten geboren, zum Spitzeln bestellt« faßt Wilson in seinem in der »Zeit« vom 30. Dezember 1994, S. 28 erschienenen Artikel das Wirken Goethes in dieser Beziehung zusammen. Er bedient sich dazu der Worte des Türmers Lynceus in Goethes *Faust II* V. Akt Verse 11288/89: »Zum Sehen geboren, zum Schauen bestellt«.

Wilson berücksichtigt dabei nicht, daß Goethe auf dem Boden des aufgeklärten Absolutismus stand und daß sich jeder Staat, wie gesagt, gegen diejenigen zu schützen versucht, die seine Verfassung zu untergraben suchen. Wilson, der einen Lehrstuhl in den USA innehat, wird sich in diesem Zusammenhang daran erinnern lassen müssen, welche Verfolgungen unter der Flagge der Demokratie dort während der Ära McCarthys in den fünfziger Jahren gegen Staatsfeinde stattgefunden haben.

Wenn sich sogar Großmächte wie Preußen und Österreich unter dem Banner des Absolutismus in einer Koalition zu dem Versuch verbanden, dem König der Franzosen die ihm entrissene Königskrone durch einen Feldzug wiederzubeschaffen, wenn man sich also nicht scheute, selbst für fremde feudalistische Interessen in einem Krieg Leben und Gesundheit der Landeskinder aufs Spiel zu setzen, wenn an diesem Unternehmen der Herzog Carl August als General und Goethe als Beobachter teilnahmen, wie Goethe in der *Campagne in Frankreich 1792* beschrieben hat, wenn sich beide an der von Goethe ferner geschilderten *Belagerung von Mainz 1793* beteiligten, die gar der Vernichtung der ersten deutschen Republik galt, so war es logisch, zuallererst zu Hause darauf zu sehen, daß sich hier nicht etwa revolutionäre Ideen ausbreiteten, von denen viele Professoren und vor allem die Jugend ergriffen waren.

Goethe hat danach nichts Unehrenhaftes getan, wenn er, auf der Seite der Reaktion stehend, seinerseits die Professoren und die Jugend in Jena überwachte.

Wilson wirft Goethe im einzelnen noch vor, den Orden der Illuminaten ausgekundschaftet zu haben. Der Illuminatenorden – im Jahr 1776 gegründet – war eine Geheimgesellschaft ähnlich der der Freimaurer, die sich vorgenommen hatte, die Staatsspitzen zu unterwandern, um die verderbte feudalistische Gesellschaftsordnung durch eine sittlich gehobene Führung zu läutern, mit dem Fernziel, in hundert Jahren oder länger die Monarchen und Fürsten ihrer Stellung ganz zu entheben und durch eine Herrschaft der Vernunft und Moral zu ersetzen – eine idealistische Utopie. An einen gewaltsamen Umsturz dachte man dabei nicht.[53]

Zu diesem Zweck nahm der Illuminatenorden auch hohe Staatsbeamte und selbst Fürsten in seine Reihen auf. Einmal diente ihm das als eine Legitimation für weitere Werbungen. Zum anderen sah man darin zugleich einen Schutz vor etwaigen Verfolgungen. Ordensmitglieder in hohe Staatsstellungen zu bringen strebte man an, damit der Regent statt von eigensüchtigen Schmeichlern von Männern umgeben werde, die ihm auch Wahrheiten zu sagen wagten. Voraussetzung war aber eine Erziehung des Mitglieds im Orden selbst als in einer von der Außenwelt abgeschlossenen Enklave. Hier auch konnte das Mitglied zunächst einmal zur Selbstverwirklichung gelangen, was ihm außen verwehrt war. Erst aber müßten einmal die Menschen geändert werden, hieß es, bevor an eine Systemänderung gedacht werden könne, sonst stellten sich bei einem Umbruch sogleich wieder die Despoten an die Spitze.[54] Und warum sollte man den sittlichen Einfluß, den der Orden auf seine Mitglieder ausübe, nicht auch einem Fürsten zuteil werden lassen, wenn er zu einem Beitritt bereit sei, argumentiert Bode, der Freund Lessings und Oberhaupt des Illuminatenordens in Jena.[55]

Es war deshalb nichts Ungewöhnliches, wenn auch Herzog Carl August und Goethe dem Orden beitraten. Goethe gehörte vorher schon der Freimaurerloge »Anna Amalia« in Weimar an. Welche Motive beide zu dem Beitritt bewog, läßt Wilson zunächst offen. Goethe erhoffte sich von dem Orden einen guten Einfluß auf seinen Herzog. Sobald sie jedoch, auf der Stufenleiter des Ordens aufsteigend, seine politischen Ziele erkannt hatten, mußte ihre Aufmerksamkeit, folgert Wilson, auf eine Überwachung des Ordens gerichtet sein.

Nun wollte es die Entwicklung, daß gegen die Illuminaten vom Ausland her der grausamste Verdacht erhoben wurde: Man warf ihnen vor, auf dem Wege einer Verschwörung die Französische Revolution entfacht zu haben. Nach damaliger Auffassung konnte ein solches Weltereignis nur von Einzelpersönlichkeiten, von Intellektuellen, ausgelöst worden sein, nicht etwa von der Masse des Volkes, das man hierzu für gar nicht fähig hielt. Hierfür konnte vielmehr nur ein Geheimbund wie der der Illuminaten in Betracht kommen. Es setzte deshalb jetzt von allen Seiten eine Hetze gegen die Illuminaten ein – besonders in Preußen unter König Friedrich Wilhelm II. –, die auch auf Sachsen-Weimar übergriff.[56] Und auch Goethe wurde von dieser Hysterie erfaßt.

Er und der Herzog zogen sich deshalb sogleich aus dem Orden zurück. Über ihre aufgegebene Mitgliedschaft bewahrten sie tiefstes Stillschweigen, wozu sie auch nach den

Regeln des Ordens verpflichtet waren, aber auch, weil ihnen ein Bekanntwerden ihrer Teilnahme an einer so gefährlichen Verbindung der Öffentlichkeit gegenüber peinlich gewesen wäre. Wessen brauchten sie sich indes zu schämen? Wenn sie den Orden ausspioniert haben sollten, so war das in den Augen der Ordens-Verfolger, Anhänger der »Verschwörungstheorie«, nur erwünscht und ehrenwert gewesen. Was hatten sie jedoch im Orden Gefährliches gefunden? Wilson gibt hierauf in seinem Buch keine Antwort. Außer der heiklen Ordensweisung, man brauche sich an kein Gesetz zu halten, in das man nicht ganz freiwillig eingestimmt habe, hatte auch Goethe ernstlich nichts Auffallendes auszusetzen gehabt.[57] Das aber war Theorie, die von der Praxis weit entfernt war, wie auch Wilson zugibt. Hätten Goethe oder der Herzog oder Voigt, der auch Mitglied des Ordens gewesen war, nur irgend etwas Verdächtiges festgestellt, zum Beispiel die Konspiration einer Person oder Personengruppe, so würde das sicher seinen Niederschlag in der zwischen den Dreien geführten Korrespondenz gefunden haben. Doch Wilson führt in dieser Beziehung nichts dergleichen an. Was sollten sie schließlich in der idealistisch gedachten Vereinigung auch haben feststellen können? So war ein Makel eher darin zu erblicken, daß man dem Orden – obwohl man sein Mitglied gewesen war – nichts Nachteiliges nachgewiesen hatte.

Wilsons aus dem Rahmen fallende Äußerung, Goethe und der Großherzog hätten ihre Mitgliedschaft verschwiegen, weil es ihnen unangenehm gewesen wäre, »wenn der illuministische Dreck an ihrem Stecken entdeckt worden wäre«,[58] entbehrt deshalb jeder Grundlage.

Siehe hierzu auch Dirk Kemper: *Ideologie und Ideologiekritik: W. Daniel Wilsons Vorwurf der Spitzelei gegenüber Goethe,* in Goethe-Jahrbuch Bd. 112 (1995), S. 383–397, sowie vom selben Autor: *»... die Vorteile meiner Aufnahme«. Goethes Beitrittserklärung zum Illuminatenorden aufgefunden in einem ehemaligen Geheimarchiv in Moskau,* in: Goethe-Jahrbuch Bd. 111 (1994).

Auch Wolfgang Martens[59] bezeichnet es als eine »abwegige Vermutung«, Goethe sei in den Illuminatenorden zwecks seiner Auskundschaftung eingetreten.

Nachdem nun Wilson auf Kempers Vorhaltungen mit der Replik *Fürstenbund oder Überwachung?*[60] geantwortet hat, ist zunächst noch auf Kempers Einwände einzugehen.

Kempers Ausführungen fußen auf dem Eingeständnis Wilsons in seinem Buch, daß seine »Spitzelthese« nur eine Vermutung sei. In Wahrheit seien der Herzog und Goethe dem Illuminatenorden aus Zweckmäßigkeitsgründen beigetreten, um auf diesem Wege inoffiziell leichter Kontakte zu den umliegenden Fürstenhäusern und besonders zu Preußens Thronfolger Friedrich Wilhelm als dem Beschützer der Deutschen Freiheit zu finden. Im Mittelpunkt habe dabei die Schaffung eines »Fürstenbundes« als Rückhalt gegen die Übermacht der Großmächte Österreich und Frankreich gestanden. Wenn Wilson den Illuminatenorden als der Regierung hörig hinstellt, insofern es dem Orden als einem Vertreter der Intelligenz darauf ankam, mit dem System des aufgeklärten Absolutismus zu »kooperieren«, eine unglückliche Verbindung, die dann schließlich 1933, wie Wilson folgert, in einen totalitären Staat eingemündet sei, statt das

System zu bekämpfen, wenn Wilson somit dem Illuminatenorden nichts Staatsgefährliches nachsagen kann – in der Tat tut er das auch in seiner Replik nicht –, so habe für Goethe und den Herzog gar kein Grund für eine Bespitzelung bestanden. Kemper führt dann noch drei Autoren an, die gleichfalls Wilsons Argumente zu widerlegen versuchen.

In seiner Replik schickt Wilson voraus, daß er früher für die Liberalität des aufgeklärten Absolutismus und namentlich des weimarschen ausdrücklich eingetreten sei. Wenn er jetzt eine andere Haltung einnehme, so nicht aus einer Ideologie heraus, sondern auf Grund von neuem Material. Zwar gesteht Wilson auch jetzt ein, daß es sich in seine »Bespitzelungsthese« um eine Hypothese handle, doch wartet er nun mit zahlreichen neuen »Indizien« auf. Auf Kempers Behauptung, angesichts der von Wilson selbst dargelegten Harmlosigkeit des Illuminatenordens habe für Goethe und den Herzog kein Grund für ein Mißtrauen und eine Bespitzelung bestanden, entgegnet Wilson folgerichtig, daß der Zustand des Ordens von außen her infolge seines Geheimhaltungsgebots nicht erkennbar war. Gerade das aber sei, entgegen Kempers Schlußfolgerung, Veranlassung gewesen, in den Orden einzutreten, um ihn zu unterwandern.

Sodann erklärt Wilson, das Projekt eines »Fürstenbundes«, mit dem Kemper den Beitritt der beiden zu motivieren versuche, sei nach dem Frieden von Teschen 1779 hinfällig geworden und zur Zeit des Beitritts 1783 nicht mehr im Gespräch gewesen, wofür er viele Fakten anführt. Wenn sich der Herzog um den Beitritt des preußischen Kronprinzen mit dem Verlangen bemüht habe, man müsse ihm eine Liste der Ordensmitglieder vorlegen, um ihn von der »Unschuld« des Ordens zu überzeugen, so sei das nur darauf angelegt gewesen, selbst eine solche Liste in die Hand zu bekommen, um daraus zu ersehen, ob sich unter den Mitgliedern etwa Personen befanden, die für den Staat Weimar gefährlich werden konnten. Ein solches Begehren wurde gemäß seines Geheimhaltungsgebots vom Orden natürlich abgelehnt. Der Kronprinz selbst habe einen solchen Wunsch auch nicht geäußert.

Weimar sei aber bezüglich Geheimgesellschaften gewarnt gewesen. Schon 1764 sei dort eine Geheimgesellschaft verboten worden. Auch Goethe habe durch den Fall Cagliostros bereits unangenehme Erfahrungen mit Geheimgesellschaften gemacht, so daß das Mißtrauen beider verständlich gewesen sei. Dennoch sind beide, auch nach Wilsons eigener Darstellung, vor Ort nicht fündig geworden.

Wozu aber dienen diese Auseinandersetzungen, muß man fragen. Handelt es sich nicht um einen Streit um des Kaisers Bart? Stellt eine gezielte Untersuchung des Ordens etwa eine Verletzung der Menschenrechte dar? Man braucht nur statt der Worte »Spitzel« und »Bespitzelung« die Ausdrücke »Überwachung« und »Kontrolle« zu setzen – wie das übrigens auch Wilson in seiner Replik von nun an ausschließlich tut – so gewinnt das Ganze ein anderes Aussehen. Unter »Bespitzelung« versteht man das unberechtigte Eindringen in eine vom Recht geschützte private Sphäre, das den Spitzel selbst als verächtlich erscheinen läßt. Mit der Bezeichnung als »Überwachung und Kontrolle« schwingt das Pendel dagegen auf die andere Seite: Nunmehr ist es der

Kontrollierende, der Schutz verdient gegen einen unberechtigten Angriff auf seine Stellung. Lassen sich gegen den Herzog und Goethe Vorwürfe erheben, wenn sie, als für das Wohl des Staates verantwortlich, diesen vor etwaigen Gefahren schützen wollten? Nur zu diesem Zweck, wenn überhaupt, hatten sie das Geheimnis des Ordens erforschen wollen.

Auch im Fall der Studenten-Unruhen in Jena, in dem auf seiten Goethes selbst die Ausdrücke »Spione« und »Spitzel« gebraucht wurden, um als solche die Universitäts-Pedelle einzuschalten, handelt es sich um Sicherheitsmaßnahmen der Regierung gegen die Gewaltbereitschaft in jenen Kreisen, die um so berechtigter war, als im Jahr 1819 die Ermordung Kotzebues als eines »Reaktionärs« durch einen Studenten erfolgt war.

Goethe hielt sich bei seinen Maßnahmen strikt an das Recht. Im gegebenen Fall stellte er sich auch schützend vor die Studenten. Als bereits im Jahr 1790 – also ein Jahr nach der Französischen Revolution – in Jena Studentenunruhen stattfanden und die Polizei sich dabei rechtswidrig zu Tätlichkeiten gegen die Studenten verstiegen hatte, ließ Goethe den hierfür verantwortlichen Feldwebel vom Militärgericht zu vierzehn Tagen Arrest, »wechselweise bei Wasser und Brot«, verurteilen.[61]

Wie sehr Goethe selbst über die bestehende feudalistische Herrschaft klagte und einen Wandel wünschte, nimmt man bei alldem nicht wahr. Zwar empörten ihn die Greuel der

Französischen Revolution zutiefst, doch war er überzeugt, wie Eckermann in einem Gespräch vom 4. Januar 1824 festhält, daß eine Revolution nie Schuld des Volkes ist, sondern die der Regierung. Revolutionen seien ganz unmöglich, wenn die Regierung immer gerecht und fortwährend wach sei, so daß sie ihnen durch zeitgemäße Verbesserungen zuvorkomme und sich nicht so lange sträube, bis das Notwendige von unten erzwungen werde. Denn, wie Goethe in dem Gespräch fortfährt, die Zeit sei in ewigem Fortschreiten begriffen und habe alle fünfzig Jahre eine andere Gestalt, so daß eine Einrichtung, die im Jahre 1800 eine Vollkommenheit war, im Jahre 1850 vielleicht schon ein Gebrechen ist.

Seine Einstellung zu den Gedanken der Französischen Revolution hat Goethe deutlich in dem im Jahr 1792 erschienenen »politischen Drama« *Die Aufgeregten* zum Ausdruck gebracht. Es ist deshalb nicht ohne Interesse, auf dieses Schauspiel hier näher einzugehen.

Der Fürst des betreffenden deutschen Landes, in dem sich die Geschichte abspielt, ist zwar von edler Gesinnung und wird darin mit Friedrich dem Großen und Joseph II. verglichen, die hier als wahre Demokraten gepriesen werden. Doch ist der Fürst bestürzt zu sehen, wie der Bürger- und Bauernstand unter dem Druck des Adels seufzt. Indes kann er zu seinem Bedauern dagegen nichts ausrichten, weil er von Feudalen umgeben ist, die sich dagegen wehren. Es ist also der Adel, der hier auf der Anklagebank sitzt. So läßt Goethe denn in dem Stück einen der Mitspieler, einen Magister, sich deutlich gegen den Adel wie folgt aussprechen: »... diese Menschen«, sagt der Betreffende, »die sich über alles hinwegsetzen, ihresgleichen behandeln wie das Vieh, ohne Liebe, ohne Mitleid, ja wie Sklaven, ohne Furcht frech in den Tag hineinleben und von einem Gott sprechen, den sie nicht kennen«. Das sind Worte, wie man sie bis dahin öffentlich wohl noch von keiner Seite gehört hatte. Die überhebliche Einstellung des Adels kommt nochmals in einer Bemerkung am Schluß des Stückes zum Ausdruck, wo es heißt, daß man Untaten, wenn sie von Angehörigen aus einem vornehmen Hause verübt würden, »ja mit Geld ausgleichen könne«.

Doch bringt Goethe in dem Stück, das er Eckermann gegenüber in dem oben genannten Gespräch »gewissermaßen« als sein politisches Glaubensbekenntnis bezeichnet hat, auch die Lösung: Die Hauptperson, die von einer Reise nach Paris zurückgekehrte Gräfin – als Repräsentantin des Adels – läßt er darin so sprechen, wie seiner Auffassung nach die herrschende Oberschicht denken und handeln sollte. Die Gräfin, durch die Greuel der Französischen Revolution belehrt, daß die menschliche Natur wohl auf einen unglücklichen Grad gedrückt und erniedrigt, aber nicht unterdrückt und vernichtet werden könne, hat sich vorgenommen, sich von nun an jeder Übergriffe zu enthalten und gegen jedes Unrecht offen aufzutreten, in ihrem Kreis, in der Gesellschaft, bei Hofe oder öffentlich, auch wenn man sie deshalb, was ihr zwar peinlich wäre, als eine »Demokratin« verschreien sollte. Durch ihren Machtspruch erreicht sie auch sogleich die Beilegung des Aufstandes der sechshundert Aufgeregten, indem sie deren alte, verbriefte Rechte, die ihnen durch Willkür vorenthalten worden waren, wieder in Kraft setzt.

Das also war Goethes Bekenntnis. Er stand auf der Seite der Unterdrückten. Wie weit er sich mit einer solchen, in ein Schauspiel eingekleideten Kundgabe vorgewagt hatte, zeigt ein Vergleich mit einem Vorfall im benachbarten Großherzogtum Hessen-Darmstadt, zweiundvierzig Jahre nach Abfassung seines Stückes. Dort hatte ein Flugblatt ähnlichen Inhalts sogleich Verhaftungen ausgelöst. In dem Blatt war geschildert worden, wie der Bauer mit dem Pflug über die Felder zieht, gefolgt vom Reichen, der das Korn an sich nimmt und dem Bauern die Stoppeln läßt. Täglich werde unter dem Namen von Steuern und Abgaben Diebstahl am Eigentum des Volkes begangen, damit sich die Herren in Darmstadt mästen könnten, während im Volke Weiber und Kinder hungerten.

Die Flugschrift, überschrieben mit *Friede den Hütten! Krieg den Palästen!*, rief zum Widerstand auf. Die verängstigten Bauern gaben die Blätter jedoch sogleich bei der Polizei ab. Die Flugschrift stammte aus der Feder von Georg Büchner, der nur durch Zufall einer Verhaftung entgangen war.[62]

Der Fall läßt erkennen, wie selbst noch im Jahr 1834 der Absolutismus ganz nach Willkür zu herrschen vermochte und hier freiheitliche Regungen rücksichtslos unterdrückte. Das Großherzogtum Sachsen-Weimar hingegen hatte sich bereits 1816 als erster Staat eine »mit Leben erfüllte« Verfassung gegeben.

Schon im Jahr 1782, also noch vor der Französischen Revolution, im sechsten Jahr seiner Weimarer Amtszeit, schildert Goethe in einem Brief vom 17. April von Ilmenau aus seinem Freund Knebel, welche Eindrücke er hatte, als er sich im Volke umgesehen habe: Wie der Bauer der Erde das Notwendige abfordere, das ein behagliches Auskommen wäre, wenn er nur für sich schwitzen müsse. Doch werde oben immer an einem Tage mehr verzehrt, als unten in einem beigebracht werden könne. Goethe scheut sich dabei nicht, zum Vergleich ein Beispiel aus der Natur zu gebrauchen, das Verhältnis zwischen Ameisen und Blattläusen: Wenn die Blattläuse auf den Rosenzweigen sitzen und sich dick und grün gesogen haben, dann kommen die Ameisen und saugen ihnen den filtrierten Saft aus den Leibern.

Spricht so ein Fürstenknecht? Man meint es hier eher mit einem eingeschworenen Sozialisten zu tun zu haben.

Mit dem Volk war Goethe bereits auf seiner Winterreise 1777 durch den Harz – mit der Brockenbesteigung – in nähere Berührung gekommen. Wie er voller Mitgefühl an Frau von Stein unter dem 4. Dezember schrieb, habe er wieder Liebe zu der Klasse von Menschen bekommen, die man die »niedere« nenne, die aber gewiß für Gott die höchste sei. »Da sind doch alle Tugenden beisammen, Beschränktheit, Genügsamkeit, gerader Sinn, Treue, Freude über das leidigste Gute, Harmlosigkeit, Dulden – Ausharren …«[63]

In dem Gedicht *Ilmenau* aus dem Jahr 1783 spricht Goethe ganz offen zu seinem Gönner und Landesherrn, Herzog Carl August, indem er am Schluß des Gedichtes sagt:

So mög', o Fürst, der Winkel dieses Landes
Ein Vorbild deiner Tage sein:

Du kennest lang' die Pflichten deines Standes
Und schränkest nach und nach die freie Seele ein.
Der kann sich manchen Wunsch gewähren,
Der kalt sich selbst und seinem Willen lebt;
Allein wer Andre wohl zu leiten strebt,
Muß fähig sein, viel zu entbehren.

Das dürfte an Deutlichkeit nichts zu wünschen übriglassen.

Die Goethe oft vorgeworfene Unterwürfigkeit vor Adel und Fürstlichkeiten war in Wahrheit nichts anderes als die Achtung vor der betreffenden Stellung als solcher. Vor dem die Stelle einnehmenden Menschen selbst verbeugte sich Goethe nur, wenn er in ihm zugleich auch einen menschlichen Wert wahrnahm. Goethe hat das Eckermann gegenüber unmißverständlich im Dritten Teil der Gespräche am 26. September 1827 zum Ausdruck gebracht, wo er sagt: »Ich hatte vor den bloßen Fürstlichkeiten als solchen, wenn nicht zugleich eine tüchtige Menschennatur und ein tüchtiger Menschenwert dahintersteckte, nie viel Respekt.«

Wenn sich Goethe – laut der bekannten Geschichte – in Bad Teplitz im Jahr 1812 vor der österreichischen Kaiserin und ihrem Begleiter tief verbeugte, während der ihn begleitende Beethoven steif wie ein Stock blieb, so hatte das persönliche Gründe. Die dreiundzwanzigjährige Kaiserin Ludovika, dritte Frau des um zwanzig Jahre älteren Kaisers Franz, hatte Goethe an sich gezogen und ihm die Stellung eines Mentors gegeben, der ihr vorlas und ihr Wert und Wertmaßstäbe für Literatur und Dichtung nahebrachte. Goethe war aber auch sonst viel um sie, sie nahm ihn in ihrem Wagen mit, auch wurde er oft zur Tafel geladen. Es blieb nicht aus, daß Goethe zu dieser ätherisch-zarten Frau, die schon in einem Alter von neunundzwanzig Jahren an Schwindsucht starb, bald tiefe Zuneigung faßte. Das schien auf Gegenseitigkeit zu beruhen. So schenkte ihm die Kaiserin eine goldene Dose mit ihrem in Diamanten eingelegten Namenszug – der zweimal geändert werden mußte, ehe er ihren Gefallen gefunden hatte.

Hatte sich Goethe also vor der vorbeifahrenden Kaiserin tief verbeugt, so war das eine Höflichkeit des Herzens. Beethoven dagegen, der Goethe vergeblich mit sich fortzuziehen versuchte, ging, wie er selber schreibt, den Hut fest auf den Kopf gedrückt, den Rock zugeknöpft und die Arme untergeschlagen, an der Spalier bildenden Menge vorüber und ließ sich von der vorbeifahrenden Kaiserin und ihrem Begleiter, es war nicht der Kaiser selbst, zuerst grüßen. Wie Beethoven weiter schreibt, habe er, der vierundzwanzig Jahre jünger als Goethe war, Goethe »den Kopf gewaschen« wegen dieser einem »Dichter« unwürdigen Haltung. Goethe fühlte sich indes bei dieser Begegnung nicht nur als Dichter, sondern – im Unterschied zu Beethoven – außerdem zugleich als Staatsminister und Repräsentant seines Landes sowie als »Gast« in dem damals noch bis 1918 bestehenden österreichischen Kronland Böhmen.

Beethovens Darstellung ist von Bettina von Arnim als seiner begeisterten Begleiterin in die Öffentlichkeit getragen worden und hat sich seitdem zu einem klischeehaften Vorurteil entwickelt, mit dem Goethe zu Unrecht als »Fürstendiener« hingestellt und schlechtgemacht wird.

Die Einzelheiten hierzu ergeben sich aus Johannes Urzidils Darstellung in seinem Buch *Goethe in Böhmen*.[64]

Wie sehr Goethe mit den Armen mitfühlte und ihnen, soweit es ging, zu helfen versuchte, geht aus vielen Zeugnissen hervor.[65]

So hatte Goethe seinem Leibarzt, Staatsrat Vogel, bei dessen Antritt im Jahr 1826 – Goethe war damals siebenundsiebzig Jahre alt – zu verstehen gegeben, daß er gern bereit sei, soweit er könne, Kranken, die unverschuldet in Not geraten seien, zu helfen. Vogel habe von diesem Anerbieten oft Gebrauch gemacht und nie eine Fehlbitte getan. In dem hier zitierten Fall hatte Goethe eine Fünfzehntalerrolle gegeben. Als Voraussetzung hatte er jedoch ausbedungen, daß sein Name stets ungenannt bleibe.

Bereits in einem Brief aus dem Jahr 1784 heißt es, Goethe unterstütze heimlich Arme. Ein anderer Brief aus dem Jahr 1793 berichtet, Goethe sei unter vielen Volksklassen als sehr freundlich und gutmütig bekannt und genieße die allgemeine Achtung und Liebe. Von den mittleren Ständen werde er als der Genius von Weimar bezeichnet. Goethe weiß danach, was er sagt, wenn er Gretchen im *Faust I* klagen läßt: »Nach Golde drängt, am Golde hängt doch alles. Ach wir Armen!« (Verse 2802–2804)

Ähnlich äußert sich Voß im Jahr 1804: Die Wirtin seines Mittagstisches habe ihm erklärt, Goethe sei der Segen Wei-

Goethes Schreibtisch in seinem Arbeitszimmer im Weimarer Haus am Frauenplan

mars, alles bringe er ins Gleis, er sei der Wohltäter aller Hilfsbedürftigen. Voß bejaht das aus vollem Herzen, verdanke er Goethe doch das Glück seines Lebens.

Voß berichtet auch von Goethes inniger Anteilnahme an Herders Hinscheiden: Als Goethe erfuhr, daß ein Sohn Herders achtzig Taler Schulden habe, hat er die gesamte Schuld aus eigener Tasche bezahlt aus Besorgnis, diese Schmach möchte noch Herders letzte Lebensstunden trüben.

Auf seiner italienischen Reise hatte Goethe in Palermo auch Cagliostro und seine verarmte Familie kennengelernt und aus Anteilnahme mit einem Geldbetrag unterstützt. Als er später erfuhr, daß Cagliostro wegen Betrügereien zum Tode verurteilt und anschließend zu lebenslanger Haft begnadigt worden war, übersandte er der alten Mutter und der hilflosen Schwester auf Sizilien ungenannt das gesamte Honorar, das er für sein Theaterstück *Der Groß-Cophta* erhalten hatte, in dem er Umtriebe wie die Halsbandaffäre geißelt.

Der aus Italien zurückgekehrte Maler und Architekt Johann Karl Wilhelm Zahn berichtet über seinen Besuch bei Goethe im Jahr 1827:

»In diesen kostbaren Stunden ließ er mich ganz in sein großes schönes Herz blicken. Dieses Herz war ebenso groß wie sein Geist. Es ahnte nicht den Schatten von Neid, sondern es umfaßte die ganze Menschheit mit warmem Wohlwollen, und er hat Hunderten mit Rat und Tat ausgeholfen, aber immer in der Stille, im Verborgenen.«[66]

Suchten doch die Menschen fast in allem seinen Rat, auch bei einer Heirat, bei einem Wohnungswechsel, bei einer Kollekte, wie Kanzler von Müller berichtet.

Im Jahr 1778, drei Jahre schon nach Goethes Eintreffen in Weimar, schreibt Johann Heinrich Merck an Wieland:

»Das ganze Geheimnis, warum Goethe, so er ist, unentbehrlich ist, das ist seine wahre Liebe gegen die Menschen, mit denen er lebt, darin wird's ihm niemand gleichtun.«

Diese Beobachtung Mercks entspricht dem von Goethe früh beherzigten Grundsatz: »Uneigennützig zu sein in allem, am uneigennützigsten in Liebe und Freundschaft, war meine höchste Lust, meine Maxime, meine Ausübung.« Goethe folgte damit Spinoza, dessen Pantheismus ihn angezogen und dessen, wie er sich ausdrückte, aus jedem Satz hervorleuchtende grenzenlose Uneigennützigkeit ihn besonders gefesselt hatte.[67]

Es sind daher keine leeren Worte, wenn Goethe in seinem Gedicht *Das Göttliche* sagt:

»Edel sei der Mensch, hilfreich und gut! Denn das allein unterscheidet ihn von allen Wesen, die wir kennen.«

Trotz seiner Stellung war Goethe keineswegs vermögend. Wie Wilhelm von Humboldt 1816 an seine Frau schreibt – Goethe war damals siebenundsechzig Jahre alt –, sei Goethe in seinen Finanzen nie ohne Sorge gewesen, an festen Einkünften habe er unglaublich wenig gehabt. Goethe hat selbst erklärt, er habe neben seinem Jahresgehalt von 1200 Talern und später 1800 Talern und schließlich ab 1816 3100 Talern noch zwei Drittel seines väterlichen Vermögens und seinen schriftstellerischen Erwerb hinzugesetzt, um leben zu können. Einmal hat er sogar ein Darlehen aufnehmen müssen. Ein andermal hat er seinen Bediensteten angeborgt. Die Vermarktung seiner schriftstellerischen Tätigkeit betrieb er deshalb mit großem Nachdruck. Er forderte seine Preise und erpreßte geradezu seine Verleger, vor allem Cotta.[68] Die große Schauspielerin Karoline Jagemann, zugleich Geliebte des Großherzogs, erhielt dagegen jährlich 10 000 Taler.

Eckermann hatte als auskömmliches Einkommen für sich 600 Taler angegeben, er bekam als »Rente« nach Goethes Tod nur 300 Taler. Die Regierungsbeamten mußten sich anfänglich mit 200 Talern begnügen, ein Handwerker mit 100 Talern im Jahr.

Als Abschluß dieser Aufzählung sei noch das Urteil eines Verwaltungsbeamten, eines Regierungsrats Töpfer, wiedergegeben, der sich auf einer Einladung bei Goethe im Jahr 1827 nach Tisch gesprächsweise zu einem der Gäste über die segensreiche Wirksamkeit Goethes bei der Verwaltung des Landes ausgelassen hat, die noch fortdauere, nachdem er sich längst von allen Geschäften zurückgezogen habe: wie er bei allen von oben zu ergreifenden Maßregeln immer nur die Besserung und Schonung der unteren Klassen im Auge gehabt, wie er in vorkommenden dringenden Fällen immer bereit gewesen sei, selbst mit Hand anzulegen, und wie dann vor seinem genialen Überblicke, seinem echt praktischen Verstande, endlich vor seiner siegenden Persönlichkeit und Beredsamkeit alle Schwierigkeiten sich ebneten.[69]

Immer verband Goethe das Juristische mit dem Menschlichen, in allem suchte er den Ausgleich. Ja, er scheute sich nicht, dahingehende Leitsätze dem Conseil und gar seinem Landesherrn zu unterbreiten. Als in armen Ortschaften Thüringens die Einwohner wegen der hohen Steuerlasten rebellierten, empfahl er, diesen Trotz nicht sogleich als Meuterei zu betrachten, gegen die schroff vorzugehen sei, sondern als Obrigkeit solle man die Stellung eines gütigen Vaters einnehmen, der die Fehler seiner Kinder anders beurteile, als dies ein Außenstehender tue, und dürfe nicht gleich den kürzesten und bequemsten Weg einschlagen.[70]

Goethe erfüllte damit in allem das Idealbild eines »redlichen und patriotischen«, also dem Gemeinwohl des Staates ergebenen Fürstendieners, wie es im 18. Jahrhundert die Literatur aufgezeichnet hatte und wie es Wolfgang Martens jetzt in seiner Untersuchung *Der patriotische Minister* tiefschürfend wiedergegeben hat. Denn ehe demokratische Bestrebungen aufkamen, die allerdings schon vor der Französischen Revolution in den siebziger Jahren einsetzten, hielt man die Rettung aus der Willkürherrschaft von Fürsten nach den Grundsätzen der Aufklärung allein von »oben« für möglich, vermöge einer Verbesserung der Führung selbst, durch das Eingreifen »patriotischer Minister«, die für die Glückseligkeit der Untertanen sorgten, unter dem Motto »Alles für das Volk, nichts durch das Volk«. Von einer Systemänderung war dabei keine Rede. Selbstverantwortung und Eigeninitiative der Bürger blieben unentwickelt. Bis ans Ende des Jahrhunderts suchte man allein in dem moralisch aufgerüsteten Fürstendiener die Lösung der Probleme.

Für diese Art von moralischer Aufrüstung setzten sich Männer ein (bei Martens im einzelnen besprochen), wie bereits am Anfang des Jahrhunderts der Philosoph und Aufklärer Christian Wolff, wie Friedrich Karl von Moser mit seiner 1754 erschienenen pietistisch geprägten Schrift *Der Herr und der Diener*, wie 1760 Johann Michael von Leon, Goethes Großonkel, mit seiner Schrift vom *Redlichen Mann am Hofe,* wie Justus Möser, dessen *Patriotischen Briefen* aus dem Jahr 1767 Goethe viel entnahm, um nur einige zu nennen, nicht zu vergessen den gewaltigen Einfluß, den Friedrichs II. *Antimachiavell* aus dem Jahr 1740 sowie später Österreichs Kaiser Josefs II. 1783 erschienener *Hirtenbrief* ausübten, wie schließlich auch an die schon genannten Illuminaten zu erinnern ist. Noch am Ende des Jahrhunderts hatte Goethes Schwager, Johann Georg Schlosser, mit allem Nachdruck die Auffassung vertreten, daß nicht eine »konstitutionelle« Beschränkung der Fürsten das Heil bringe, sondern allein eine »administrative«, durch tüchtige Minister, wie er selbst einer war und als solcher geehrt wurde, als »Organ des Volkes«, das, wie Schiller sagte, vorerst noch der Erziehung und Moralisierung bedürfe, ehe es in die Freiheit entlassen werden könne.

Goethe erfüllte, wie gesagt, die in einen Fürstendiener gesetzten Erwartungen, ja er übertraf sie wohl noch. Was bestand also für ihn für eine Veranlassung, von seiner Einstellung abzugehen, wie es Wilson fordert. Goethe hielt vielmehr ganz bewußt »ein für allemal« am Bestehenden fest, an dessen Verbesserung er beständig mitgewirkt habe, wie er, von Martens zitiert, in den *Tages- und Jahresheften* von 1795 notiert hat. Und er hätte es gern noch besser gemacht, wenn er nur die richtigen Hilfskräfte hierfür hätte aussuchen dürfen (siehe hierzu seine Klage S. 52), junge feurige Leute, keineswegs immer von Adel, die nicht in den gewohnten Gleisen »langsam« fortgehen, wie er nach Eckermanns *Gesprächen* Dritter Teil am 11. März 1824 geäußert hat.

Goethe war indes keinesfalls etwa »verkrustet«, wie manche behaupten und behauptet haben. Er schwärmte vielmehr für das damals ins Blickfeld getretene Amerika, weil es, wie er betonte, »frei« sei von allem Althergebrachten und jeder Tradition, so daß es neue Wege einzuschlagen vermochte. Er hätte im einzelnen selbst gern vieles »gekappt«, wenn es ihm möglich gewesen wäre.

Das alles hat Lavater vorausgesehen, als er – noch vor Goethes Übertritt nach Weimar – intuitiv an den ihm befreundeten Arzt Dr. Zimmermann schrieb: »Goethe wär ein herrlich handelnd Wesen bei einem Fürsten. Dahin gehört er. Er könnte König sein. Er hat nicht nur Weisheit und Bonhomie, sondern auch Kraft.«[71]

Es bestand für Goethe um so weniger Anlaß, von seiner pro-absolutistischen Haltung abzulassen, als er einem Fürsten diente, mit dem, seiner Darstellung nach, das Volk zufrieden war. Wie er später Eckermann gegenüber im Dritten Teil der *Gespräche* am 23. Oktober 1828 an zwei Stellen erklärt hat, war der Großherzog von edelstem Wohlwollen und reinster Menschenliebe beseelt. Er dachte immer zuerst an das Glück des Landes, sagt Goethe hier, und ganz zuletzt erst ein wenig an sich selbst. Wolfgang Martens führt die gleiche Stelle an. Liebe aber erzeugt Gegenliebe, wie Goethe fortfährt. Carl August habe nicht die Gunst des Volkes gesucht, er habe den Leuten keineswegs schöngetan. Doch sie hätten ihn geliebt, weil sie fühlten, daß er ein Herz für sie hatte. Wer aber geliebt wird, der habe leicht regieren. Dabei sei der Großherzog von schweigsamer Natur gewesen. Seinen Worten seien die Taten gefolgt. »Er hörte zehn Meinungen – und hatte eine elfte, die allein richtig war!«

Es bestand danach für Goethe kein Grund, von seiner Bahn abzuweichen. Von Ideologien hielt er ohnedies nichts, daran hinderte ihn sein Wirklichkeitssinn, er sah den Dingen auf den Grund. Was nutzt ein Umsturz – ihm folgt kein Paradies –, da sich die Menschen doch nicht bessern. Er mißtraute. Wie Joachim Fest schreibt, war Goethe zeitlebens von einem »Vergeblichkeitsgedanken« beherrscht. Das hing mit dem Bild zusammen, das er von den Menschen gewonnen hatte. Vielleicht spiegelt sich sein Urteil über sie auch in den Worten wider, die er im »Prolog im Himmel« Mephisto in den Mund legt:

»Der kleine Gott der Welt bleibt stets von gleichem Schlag, / Und ist so wunderlich als wie am ersten Tag. / Ein wenig besser würd er leben, / Hättst du ihm nicht den Schein des Himmelslichts gegeben; / Er nennt's Vernunft und braucht's allein, / Nur tierischer als jedes Tier zu sein.« (*Faust I* Verse 281–286)

Es ist müßig, bei Goethe danach zu suchen, was ihm fehlte. Denn grundsätzlich kann man einen Menschen nicht danach bewerten, was er nicht war und was er nicht besaß, um daran vielleicht die eigenen Verdienste zu messen; beurteilen kann man ihn nur nach dem, was er war und was er hatte. Darin aber bestand bei Goethe die Fülle, davon quellen die Materialien über, nur muß man seine Augen nicht mutwillig davor verschließen.

Goethes Verhältnis zu Eckermann

Von den Ereignissen, die auf Goethes Haltung einen Schatten werfen, gehört sein Verhältnis zu Eckermann. Man wirft Goethe vor, Eckermann an sich gebunden zu haben, ohne ihn aber – trotz der sonst an ihm gerühmten Freigebigkeit – entsprechend entlohnt zu haben. Leo Kreutzer bringt mit seiner *Inszenierung einer Abhängigkeit*[72] in Anlehnung an Eckermanns eigene Aufzeichnungen eine sehr drastische Darstellung der Abläufe. Auch Martin Walser hat in seinem Essay *In Goethes Hand* diesen Stoff aufgegriffen, um Goethe in seiner Weise zu interpretieren.

Es begann mit Eckermanns Schrift *Beiträge zur Poesie mit besonderer Hinweisung auf Goethe*, die er Goethe übersandt hatte und über die sich dieser bei seinem ersten Besuch freundlich aussprach und die er sogleich seinem Verleger Cotta übergab, der sie abdruckte und Eckermann ein Honorar zahlte, von dem er ein Jahr lang frei leben konnte. Eckermann wollte sich nach dieser ihn äußerst beglückenden Vorsprache weiter an den Rhein begeben. Doch Goethe begann, die »Dispositionen des jungen Mannes behutsam zu durchkreuzen«. Er riet Eckermann, zunächst einmal in Jena bei Bekannten die Entscheidung Cottas abzuwarten. Sie seien dann näher beisammen und könnten sich schreiben.

Eckermann ist sehr davon eingenommen. Bereits am nächsten Morgen bei seinem zweiten Besuch eröffnet ihm Goethe, es sei nicht gut, daß er so rasch vorübergehe, es werde vielmehr besser sein, daß sie sich einander etwas näherkämen. Er wünsche ihn mehr zu sehen und zu sprechen.

Das übertraf natürlich Eckermanns kühnste Erwartungen. Als kleine Prüfung legte ihm Goethe bei diesem Besuche die »Frankfurter Gelehrten Anzeigen« aus den Jahren 1772 und 1773 vor, die – ungezeichnet – kleine Rezensionen von Goethe enthielten, die er während seiner Frankfurter Anwaltstätigkeit geschrieben hatte. Da Eckermann seine »Art und Denkungsweise« kenne, solle er sie heraussuchen und prüfen, ob sie einer Aufnahme in eine künftige Gesamtausgabe wert seien.

Als nächsten Besuchstermin bestimmt Goethe den übernächsten Tag. Da erklärt er Eckermann, er solle doch noch bis zu seiner Abreise nach Marienbad, in etwa acht Tagen, bleiben. Ja auch in Jena solle er nicht nur kurz verweilen, sondern sich für den ganzen Sommer dort häuslich einrichten, um Goethes Rückkehr aus der Kur im Herbst abzuwarten. Er werde in Jena für seine Studien alles Notwendige antreffen, auch einen geselligen Umgang und eine reizvolle Umgebung. Er werde dabei Muße und Gelegenheit finden, in der Zeit für sich manches Neue zu schreiben und nebenbei auch seine, Goethes, Zwecke fördern.

Wenige Tage darauf gab er ihm noch elf Hefte seiner Zeitschrift »Kunst und Altertum« mit, von der Eckermann ein Inhaltsverzeichnis machen und zugleich prüfen solle, welche Gegenstände noch nicht als abschließend behandelt zu betrachten seien. Eckermann solle sich in Jena zu seinen Leuten halten. Auch werde er seinen Sohn August dort einmal nach ihm sehen lassen. Er wünsche zu erfahren, wie es ihm ergehe, Eckermann solle ihm nach Marienbad schreiben.

Eckermann ist durch so viel »Sorgfalt« gerührt und sieht sich bereits in den Kreis Goethes aufgenommen. Doch täuscht er sich insofern, als er glaubt, sich nunmehr, mit Goethes Hilfe, zu dem Lyriker, Dramatiker, Essayisten »Johann Peter Eckermann« emporschwingen zu können. Bestärkt auch durch Cottas Honorar, hat er jetzt Pläne zu »unzähligen Gedichten« und »dramatischen Gegenständen

Goethes linke Hand. Eine Zeichnung Goethes mit schwarzer Kreide nebst Tuschlavierung, um 1788

verschiedener Art«. Vor allem verlangt ihn »nach einer großen Stadt«, in deren Atmosphäre er »bedeutende Lebenselemente« in sich aufzunehmen und seine »innere Kultur auf das rascheste zu steigern« vermöge, um sich dort »zu einer ganz ungestörten Produktion isolieren zu können«.

Indessen zieht Goethe weiter magisch leise Schlingen zu künftigem Band um Eckermanns Füße. Aus Marienbad schreibt er Eckermann außer seinem Dank für das ganz seinen Wünschen entsprechende Inhaltsverzeichnis, er trage Eckermanns »Gesinnungen, Zustände, Wünsche und Pläne« teilnehmend mit sich herum, damit er sich, nach Weimar zurückgekehrt, »desto gründlicher« mit ihm über sein Wohl besprechen könne.

Nach Goethes Rückkunft mußte Eckermann erfahren, daß er diesen Winter noch in Weimar bleiben solle, um hier seine Bildung zu vervollständigen. »Sie sollen von allem das Beste haben, weil die besten Hilfsmittel in meinen Händen sind. Dann stehen Sie fürs Leben fest und kommen zum Behagen und können überall mit Zuversicht auftreten.« Es wird Eckermann vor Augen gehalten, daß er nirgendwo soviel Gutes auf einem so engen Fleck finde wie in Weimar. Von Weimar gingen die Tore und die Straßen nach allen Enden der Welt. Er solle Weimar gar zu seinem Wohnort wählen.

Eckermann fühlte sich hierdurch von der Last, einen eigenen Weg zu suchen, vorerst entbunden und ging willig darauf ein. Es folgen nun mehr oder weniger neun Jahre der »Zusammenarbeit«. Eine der Tätigkeiten Eckermanns bestand darin, aktuelle literarische Neuerscheinungen darauf

Porträt Johann Peter Eckermann. Bleistiftzeichnung von Ernst Förster, 1825

zu prüfen, inwieweit sie es wert seien, in Goethes Zeitschrift »Kunst und Altertum« besprochen zu werden. Eckermann mußte Arbeiten Goethes redigieren und verlagsfertig machen. Eckermann hat Goethe viele Anregungen gegeben. Mehrfach hat Goethe hervorgehoben, daß sein *Faust II* ohne die liebevolle Anteilnahme und das Drängen Eckermanns nicht entstanden wäre. Freilich hatte er Eckermann zur Auflage gemacht, sich nicht mit anderen Dingen zu beschäftigen, die außerhalb von Goethes Interessenkreis lagen.

Als daher Eckermann eines Tages von einem Londoner Verlag ein günstiges Angebot betreffend eine monatliche Berichterstattung über Ereignisse auf dem deutschen Büchermarkt erhielt und pflichtgemäß Goethe um seine

Meinung hierüber fragte, bekam er die schroffe Antwort, dies liege nicht auf seinem Wege und er solle sich nicht zersplittern.[73] Deshalb wies Eckermann auch ein späteres, ähnlich lautendes Angebot von einem Verlag in Leipzig, das ihm im Jahre angeblich tausend Taler gebracht hätte, zurück.[74]

Auch eine vorzeitige Veröffentlichung von Eckermanns *Gesprächen* wußte Goethe zu verhindern. Ein Grund hierfür mag gewesen sein, daß das Zusammensein mit Eckermann während der Ausarbeitung dieser Aufzeichnungen für eine längere Zeit unterbrochen worden wäre. Eckermanns *Gespräche* wären dann wesentlich kürzer ausgefallen. Ein weiterer Grund mag gewesen sein, daß sich niemand vorzeitig gern in seine Karten blicken läßt. Zudem waren viele der darin behandelten Personen noch am Leben.

Im einzelnen trug sich die Sache wie folgt zu. Eckermann hatte Goethes Sohn August auf dessen Italienreise begleiten müssen. Als sich die Wege trennten, weil Goethe Eckermann brieflich anheimgestellt hatte zurückzukehren, bat Eckermann von unterwegs, sich für einige Zeit in den Ort seiner Braut, Northeim bei Göttingen, zurückziehen zu dürfen, um dort seine *Gespräche* auszuarbeiten, die er anschließend ihm zur Billigung vorlegen und darauf veröffentlichen möchte. Wie Eckermann in diesem Brief vom 12. September 1830 weiter schreibt, dränge es ihn jetzt, aus sich selbst heraus auf einen größeren Kreis zu wirken, in der Literatur Einfluß zu gewinnen und zu seinem weiteren Glück sich endlich einen Namen zu schaffen. Sein Leben sei seit einigen Jahren ins Stocken geraten, und er möchte, daß es noch einmal einigen Kurs bekomme. Doch vermöge er nichts ohne Goethes Zustimmung und Segen. Er wisse zwar nicht, was man höchsten Orts vielleicht Gutes mit ihm im Sinne habe. Aber vorderhand möchte er auf alle Fälle von Weimar fern bleiben.

Eckermann erhielt darauf von Goethe die Antwort, gegen sein Verbleiben in Northeim sei nichts einzuwenden. Wenn er sich dort mit den *Gesprächen* beschäftigen wolle, so sei ihm das nur angenehm, weil er zwar keine baldige Publikation derselben wünsche, das Manuskript aber gern mit ihm durchgehen und rektifizieren möchten. Es werde dessen Wert erhöhen, wenn er bezeugen könne, daß es ganz in seinem Sinne aufgefaßt sei.

Damit fiel Eckermanns kühner Plan, nun selbständig hervorzutreten, in sich zusammen. Als ihn jedoch die Nachricht erreichte, daß er die wohldotierte Stelle des Prinzenerziehers endgültig erhalten habe, die es ihm ermöglichte, nun seine Braut, Johanna Bertram, die dreizehn Jahre auf ihn gewartet hatte, zu heiraten, kehrte er mit fliegenden Fahnen nach Weimar zurück.

Zu einer Durchsicht seines Manuskripts seitens Goethes kam es jedoch nicht. Obwohl er gleich bei der Begrüßung davon sprach, Eckermanns erste Aufgabe müsse die Bearbeitung seiner Aufzeichnungen sein – und sie wollten nicht eher nachlassen, als bis alles vollkommen und im reinen sei –, galt Goethes Interesse in seinen beiden letzten Lebensjahren allein der Vollendung des *Faust II* und seiner Lebensgeschichte in *Dichtung und Wahrheit*. Er überhäufte Eckermann auch sogleich mit Arbeiten wie der Redaktion seiner kleinen, bisher ungedruckten Schriften, der Durchsicht seiner Tagebücher und der abgegangenen Briefe. In seinem Testament bestellte er Eckermann zum Herausgeber seiner Briefe und schloß mit ihm einen förmlichen Vertrag ab über die Herausgabe seines literarischen Nachlasses mit einer Beteiligung von fünf Prozent am Honorar. Auch hatte er Eckermann neben Riemer zum Nachlaßverwalter ausersehen. Zu berücksichtigen ist bei alledem, daß Goethe bei der Regelung seiner Verhältnisse auch an seine Angehörigen denken mußte, an seine Schwiegertochter und die Enkel, nachdem sein Sohn als ihr Ernährer durch Tod weggefallen war. Wie sich später gezeigt hat, ist nach Goethes Ausscheiden Ottilies Auskommen wohl nur mäßig gewesen.

Wovon hatte Eckermann aber bisher gelebt? Wie Leo Kreutzer und Friedenthal schreiben, von kleinen Zuwendungen und Geschenken von seiten Goethes und einer Art »Freitisch« bei ihm. Als leidenschaftlichem Theaterfreund schenkte ihm Goethe auch ein Theater-Abonnement. Weiterhin besorgte er ihm den Doktor-Titel. Im übrigen vermittelte er ihm Einkünfte aus der Unterrichtung junger Engländer in einer Weimarer Fremdenpension. Eckermann schlug sich durch. Eine Zeitlang war auch von einer Stelle an der Hofbibliothek die Rede gewesen. Goethe hatte dort den Bruder der Christiane Vulpius auf ihr Bittgesuch hin untergebracht und diese Stelle nach dessen Ausscheiden mit seinem Mitarbeiter und Sekretär, dem Altphilologen Riemer, besetzt. Dieser nun arbeitete zusammen mit dem dort schon seit zehn Jahren beschäftigten ehemaligen Sekretär Goethes, Kräuter, so gut, daß die dritte, für Eckermann in Aussicht genommene Stelle nachgerade überflüssig und nach dem Tode des Großherzogs 1828 gestrichen wurde.

Trotzdem hing Eckermann mit allen Fasern an Goethe. Keiner hat Goethe so in Schutz genommen wie Eckermann selbst. Von dem guten Willen Goethes, alles in seiner Macht Stehende für ihn zu tun, war er überzeugt. Als er dieses auch Goethe gegenüber frei ausgesprochen hatte, versicherte ihm Goethe, er habe schon anderen Menschen zu einer glücklichen Lage verholfen, die ihm bei weitem nicht so nahe gestanden hätten.

Besonders seiner ungeduldig drängenden Braut gegenüber verteidigte er Goethe. Da schreibt er über Goethes Möglichkeiten: »Nun entdeckte er mir den ganzen Zustand von Weimar, seine Stellung als Minister, und wie ihm überall, bei der Schuldenlast des Landes und den kleinen Mitteln, die ihm zu Gebote stehen, die Hände gebunden seien.«

Ein andermal schreibt er, er habe nun zwei Jahre lang für Goethe keinen Federzug getan, Goethe habe sich aber während dieser ganzen Zeit ihm gegenüber ebenso liebevoll erwiesen wie früher, woraus sie seine große Uneigennützigkeit ersehen möge. Er selbst sei vielmehr Goethes Schuldner. Denn ihm verdanke er alles usw. Er beendet diesen Brief mit den Worten, diesmal habe er Goethe seine Hilfe angetragen, nicht umgekehrt. »So stehen die Sachen«, schließt er.

Auf den Vorhalt seiner Braut, warum ihn Goethe nicht, nachdem die Arbeiten für ihn abgeflaut seien, wenn nicht in Weimar, so auf Grund seiner Beziehungen doch außerhalb unterbringen könne, erwiderte er, dazu sei noch nicht die Zeit, erst müsse er selber bedeutender hervortreten.

Als gelegentlich von einer Archivarstelle in Hannover die Rede war, klagte er im Brief seiner Braut, es beschleiche ihn doch ein wehmütiges Gefühl, wenn er daran denke, daß er sich von Goethe trennen solle.

Als daher kurze Zeit darauf Goethe die oben genannten Privilegien zuerkannt erhielt, die seine Werke vor Nachdrucken schützten und damit auch die Verleger sicherten, schritt Goethe sogleich dazu, die Ausgabe seiner Werke von letzter Hand bei Cotta vorzubereiten und Eckermann, dem er nun eine ordentlichere Bezahlung zusichern konnte, zu einer Mitarbeit aufzufordern, worauf dieser freudig einging.

Über das sich immer inniger gestaltende Verhältnis zu Goethe schreibt er an seine Braut, daß dieser jetzt »fast nichts tut, woran er mich nicht teilnehmen läßt, der keinen Gedanken hat, den er mir nicht mitteilt, der mir die Pläne zeigt von dem, was er schreiben will und mich beglückt, indem er mir lieset, was er geschrieben hat. Wie soll ich dann an die Ausführung eigener Werke denken, da ich so süß verlocket bin, so ganz in dem zu leben, was er so Göttlich denkt und tut!«[75]

Ob man Martin Walsers an sich bestechendem Sketch »Wie porträtiert man Goethe?« in *Mein Goethe* folgen kann, in dem ein Zwiegespräch zwischen Eckermann und seiner Braut entworfen wird, bleibt, als zu phantasievoll, fraglich.

Wenn man Goethe vorwirft, er habe Eckermann an der Entfaltung eigener Kräfte gehindert, so lautet demgegenüber die herrschende Meinung, daß Eckermann Größeres als seine *Gespräche* nicht hätte schaffen können. In diesem Werk waltet in der Tat ein poetischer Zauber, dagegen alle anderen Berichte über Goethe nüchtern wirken, Nietzsche hielt Eckermanns *Gespräche* für das Beste seiner Zeit. Kommt man auch nicht umhin, Goethe in seinem Verhalten zu Eckermann als einen Fuchs zu bezeichnen, so war Goethes Handlungsweise doch wohl das einzig Richtige gewesen, alles andere hätte nur zu einer Verzettelung geführt. Goethe hat damit Eckermann über eine Verbürgerlichung hinausgehoben und neben sich zum Ruhm verholfen.

Wie aber ist die materielle Seite dieses Verhältnisses zu beurteilen? Goethe wußte, daß sich Eckermann Aufzeichnungen über die mit ihm geführten Gespräche machte, und er begünstigte das auch. Wahrscheinlich wandte sich Goethe in diesen Gesprächen nicht nur an Eckermann, sondern sah im Geiste vor sich bereits ein zukünftiges Publikum, zu dem er, Goethe, Eckermann durch seine Bereitwilligkeit verhalf. Hatte Eckermann für die *Gespräche* die Form gefunden, so hatte Goethe dafür den Inhalt bereitgestellt. So wie Goethe nun seinem Verleger Cotta gegenüber bezüglich seiner Werke scharf kalkulierte, nicht zuletzt, um damit seine Hinterbliebenen wirtschaftlich zu sichern, so wird er auch hinsichtlich der *Gespräche* zum Wohle Eckermanns mit einem zukünftig ähnlichen Erfolg gerechnet haben. Es erscheint danach nicht von der Hand zu weisen, daß Goethe diese *Gespräche,* die gleichsam ein Vermächtnis an die Nachwelt darstellen – von der in seinem »Vorspiel auf dem Theater« der Dichter schwärmt –, als einen »Wechsel auf die Zukunft« betrachtete, mit dem er seine Schuld an den dreiundvierzig

Jahre jüngeren Eckermann abzutragen, dachte. Vielleicht sagte er sich im Hinblick auf seine Erfolge bei Cotta, wenn sich schon das Publikum für seine Werke interessiere, um wieviel interessanter müsse es sein, zu erfahren, welche Gespräche er – hinter verschlossenen Türen – geführt habe. Daß es nach dem Ableben Goethes anders kam als erwartet und das Interesse an seiner Person durch das Auftreten und Wirken der Romantiker für längere Zeit ins Sinken geriet, kann man Goethe nicht anrechnen – das konnte er von seiner Warte aus nicht voraussehen.

Heute besteht an den *Gesprächen mit Goethe* fast das gleiche Interesse wie an Goethes Werken selbst. Manche Goethe-Ausgaben haben die *Gespräche* sogar mit eingebunden. Legt man die ungefähren Zahlenangaben der Verlage zugrunde, die seit 1900 Eckermanns *Gespräche* publiziert haben, so kommt man, die Übersetzungen ins Englische, Französische und Japanische beiseite gelassen, bis auf den heutigen Tag bei einer groben Schätzung auf eine Auflagenzahl von etwa 200 000 Exemplaren. Hätte zu Eckermanns Zeiten das gleiche lebhafte Interesse bestanden, dann hätte er sich sicher, stand ihm auch kein Urheberrecht zu, für seine Verdienste um Goethe voll entschädigt sehen können.

Es ging in diesem Kapitel um eine Beurteilung von Goethes Verhalten gegenüber Eckermann, nicht um eine Beurteilung von Eckermanns *Gesprächen* etwa selbst. Doch gibt es einen Denkanstoß, hierzu Josef Hofmiller mit seinem Aufsatz »Eckermann« zu hören.[76]

Hofmiller meint, diese *Gespräche* wären besser nicht erschienen, weil sie Goethes Bild verflachen. Wer zu Eckermann greife, lese Goethe selbst nicht, und umgekehrt; das eine schließe das andere aus. Viel besser erfasse man Goethes Wesen aus seinen Briefen. Goethe habe zudem in den Aufzeichnungen Eckermanns »herumkorrigiert«, er habe sie »wohlgefällig verfolgt, ihren Fortgang überwacht und mit seinem Rat begleitet«. Hofmiller behauptet das, ohne hierfür allerdings nähere Nachweise zu erbringen. Eckermanns Darstellung, sagt er, sei damit etwa einem heutigen »Künstlerroman« gleichzustellen.[77]

Gewiß erhält man aus den *Unterhaltungen Goethes mit dem Kanzler von Müller* ein viel kernigeres Bild von Goethe. Aber jeder Mensch ruft eine andere Reaktion hervor. Auf Eckermanns zarte Natur konnte Goethe nicht anders als heiter und milde reagieren. Eckermann hat daher von Goethe kein falsches Bild entworfen, wenn man Hofmiller auch zugeben muß, daß es einseitig ist.

Goethe zeigt sich hier von seiner liebenswürdigsten Seite, obwohl er auch ganz anders in Erscheinung treten konnte. So berichtet beispielsweise Kanzler Müller von der Unterhaltung am 5. Februar 1830, daß Goethe, als etwas gegen seinen Willen erfolgt war, sehr böse, ja zornig geworden war und dies auch noch mit den Worten bekräftigt habe, wenn man achtzig Jahr alt sei, dürfe man grob sein und das wolle er auch sein. Ja, seine Heftigkeit kannte mitunter keine Grenzen. Wenn ihm ein Bild nicht gefiel, so konnte er es an der Tischkante zerschlagen, ein Buch, wenn es seinen Unwillen erregte, zu Boden schleudern, wie Saitschick mitteilt[78], oder ins Ofenfeuer werfen, wie Katharina Mommsen schildert.[79]

Dennoch hat auch Kanzler von Müller zum Tode Goethes ein nicht weniger ideales Bild von ihm entworfen als Eckermann in seinen *Gesprächen*. In einer Gedächtnisrede auf Goethe, gehalten in der Loge »Amalia« zu Weimar am 9. November 1832, und in einer Vorlesung über Goethes praktische Wirksamkeit vor der Akademie gemeinnütziger Wissenschaften in Erfurt am 12. September 1832, beides also nach dem Tod Goethes am 27. März 1832, hat Kanzler von Müller Goethes Verhalten im Leben und gegenüber den Menschen in einer Weise herausgestellt, wie es günstiger nicht hätte sein können.[80]

Eckermanns *Gespräche* setzen nicht nur Goethe ein Denkmal. Eckermann hat sich damit auch selbst ein Denkmal gesetzt. Würde man in diesen Aufzeichnungen – unter Weglassung dessen, was Goethe darin gesagt hat – einmal nur Eckermanns Vorschläge und Gedanken ins Auge fassen, so würde sich zeigen, welch eine gebildete, kluge, mit selbständigem Urteil begabte und weitsichtige Persönlichkeit Eckermann war, über die hinwegzublicken nicht der geringste Anlaß besteht. In seiner Hingabefähigkeit und Demut war er gar eine Erscheinung ähnlich der Figur des Fürsten Myschkin bei Dostojewski.

Goethes Verhältnis zu seinem Sohn

Wenn man nach dem vorstehenden Kapitel geneigt sein sollte, Goethes Handlungsweise gegenüber Eckermann zu akzeptieren, mit anderen Worten, von dem Vorwurf einer eigennützigen Behandlung Eckermanns abzusehen, so wird man Goethe doch immer die Einstellung zu seinem Sohn August vorhalten, dessen Entwicklung er insofern unterbunden hat, als er ihn, in seinem Schatten, bis zuletzt als Hilfskraft für eigene Zwecke eingespannt hat.

Das ist freilich ein heikles Thema. Liest man hierüber das 1992 erschienene Buch von Werner Völker *Der Sohn August von Goethe*, so ergibt sich in der Tat ein erschütterndes Bild.

So viel auch Augusts Umgebung an ihm auszusetzen hatte – den einen besaß er zu wenig Kunstverstand, den anderen trank er zu viel, wieder andere bemerkten, daß er zunehmend dicker wurde, nicht verborgen blieb sein Verkehr mit zweifelhaften Frauen, Goethe selbst schalt ihn in Anwesenheit von Riemer und Meyer, wenn er sich einmal eine Ungeschicklichkeit zuschulden kommen ließ –, so beruhte doch Augusts labile Haltung allen Anzeichen nach auf einer Überlastung seiner Kräfte. Sie rührte daher, daß er neben seinem Beruf, den er sehr gewissenhaft und ordentlich erfüllte – er rückte zügig vom Hofjunker zum Kammerherrn, vom Assessor zum Rath und endlich zum Geheimen Kammer-Rath auf und wurde Leiter der Bauabteilung von Weimar – laufend für seinen Vater tätig werden mußte.

Das tat August anfangs sicher sehr gern. Denn er verehrte und liebte seinen Vater über alles. Er war intelligent und hatte kaufmännisches Geschick. So konnte er seinen Vater gut in den Verhandlungen mit den Verlegern, mit Geschäftsleuten und Handwerkern, vertreten. Goethe benutzte ihn als Schutzschild und ließ sich durch ihn vertreten, wenn er irgendwo nicht erscheinen wollte. August vertrat ihn sehr gut. Eine vorzügliche Rede von ihm findet sich in dem 1918 erschienen Buch *Goethes Sohn* von Wilhelm Bode abgedruckt. August lebte somit nicht im Schatten seines Vaters, sondern war sozusagen dessen Schatten selbst.

Während der Franzosenzeit schickte er seinen Vater aus Vorsichtsgründen ins Bad und regelte zu Hause alles allein. Werner Völker schildert August als ordentlich, pedantisch,

Karl von Holtei. Lithographie von Th. von Seydlitz, um 1830

August von Goethe. Ölgemälde von Ehregott Grünler, 1828

verläßlich, nicht nachtragend, gutmütig, vielleicht kann man noch hinzufügen großzügig, wenn es ihm seine Verhältnisse erlaubten. Der Dichter Holtei – von dem schon die Rede war –, der sich mit August befreundet hatte, sagt, bei Wilhelm Bode angeführt, August sei kein gewöhnlicher Mensch gewesen. Während ihn Vettern und Basen für einen unordentlichen, liederlichen Menschen ausgeschrien hätten, habe er selten einen Menschen kennengelernt, der wie er so sichtlich auf Ordnung und Sauberkeit in allem, was ihn umgab, gehalten habe, in Papieren, Briefsammlungen, Kunstschätzen, in Schrank und Kasten. So hielt August auch Goethes Archiv und Sammlungen, die der Kupferstiche, der Medaillen sowie der Mineralien, stets in bester Ordnung und wußte auch gut darüber Bescheid. Holtei hob an August auch seine tadellosen Manieren hervor. Außerdem hatte er Gefallen an Augusts Gedichten gefunden, von denen das folgende bei Bode wiedergegeben ist:

Ein Blick von dir gibt mir die Ruhe wieder,
Ein Liebeswort tönt mir wie süße Lieder,
Ein Kuß kann mich zum Gott erheben,
Ein Du! und alle Nerven beben!
Ein Lebewohl und eine Gute Nacht,
Ein Händedruck – und ew'ge Liebe wacht.
Ein Hoffen, bald dich wiederfinden,
Ein solch Versprechen kann ans Leben binden.

Warum will man Sohn und Vater miteinander vergleichen? Stehen dafür nicht hundert andere Dichter zur Verfügung? Sprechen aus dem Gedicht nicht Frische und Kraft der Empfindung?

August wurde bei Beginn seiner amtlichen Tätigkeit als ernst und still geschildert. Er bezeichnet sich noch in den letzten Wochen seines Lebens als einen ernsten Menschen, den man verkenne. Seine Hektik mitunter war nur ein Übertönen innerer Spannungen.

Noch im Alter von neununddreißig Jahren trat August, wie von Jugend an, frühmorgens vor seinen Vater und berichtete ihm, was er tags zuvor getan und erlebt hatte und barg dabei keine Geheimnisse, denn sein Vater war zugleich sein »Beichtiger«, wie er Holtei gegenüber bekannte. Über seinen Vater aber ging ihm nichts. Da war an die Entwicklung zu einer selbständigen Persönlichkeit freilich nicht zu denken. Er blieb immer der »Sohn«.

Auf der anderen Seite wuchs August die Tätigkeit für seinen Vater zunehmend über den Kopf, besonders nach dem Tod seiner Mutter, Christiane, Goethes Frau, 1816. Denn Ottilie Pogwisch, Augusts Ehefrau, war zu einer Haushaltführung unfähig. So wurde August herangezogen, wenn Goethe oft täglich abends eine Reihe Gäste zu Tisch hatte. Völker führt einen Wust von Zettelchen vor, von Jena aus gesandt, wo Goethe sich zwecks seiner Arbeit aufhielt, die immer nichts anderes enthielten als Weisungen wie: »Ich wünsche ..., Ich wünsche ...,« sei es auch, daß es sich nur um ein Dutzend Nägel handelte. Da mußte August springen, und zwar sogleich. Völker läßt denn auch August an vielen Stellen stöhnen, er fühle sich wie »des Färbers Gaul«, der immer nur im Kreise herumgehen muß.

Schließlich wurde er ernstlich krank und blieb es, wenn auch verborgen, bis an das Ende seines Lebens. Er bedauerte, daß er sich keine Erholung gönnen könne, während andere ins Bad führen. So hatte er noch seiner Frau einen Kuraufenthalt von zwei Monaten verschafft, unter Verwendung eines Quartals seiner Einkünfte im voraus. Endlich gewährte ihm Goethe – auf sein Bitten hin – eine große Italienreise. Vielleicht empfand August ganz richtig, wenn er vor Antritt der Reise sagte, es stünden für ihn nur noch zwei Wege offen, der eine zum Friedhof in Weimar oder der andere in die

Freiheit. Bode gibt Augusts Abschiedsgedicht wieder, dessen erste Strophe lautet:

> Ich will nicht mehr am Gängelbande
> Wie sonst geleitet sein
> Und lieber an des Abgrunds Rande
> von jeder Fessel mich befrei'n.

In Italien wurde August wieder froh, ein Druck fiel von ihm ab. Gleich aus Mailand sandte er seinem Vater Kupferstiche und Medaillen, was diesen sehr beglückte, und Noten an seine Frau, denn Ottilie sang.

Er nahm alles mit Begeisterung auf. In Neapel blieb er vier Wochen. Aus Rom als seiner letzten Station schrieb er seinem Vater, wie dankbar er sei, daß er ihm diese Genüsse vergönnt habe. Doch fügte er hinzu, daß er erst jetzt zum ersten Male in seinem Leben das Gefühl der Selbständigkeit erfahren habe.

Bald darauf starb er in Rom im Alter von vierzig Jahren. Er erlag einer Seuche. Heute spricht man von Scharlach. Bei Bode heißt es, die Blattern seien es gewesen, die auch andere dahinrafften. Bei der Obduktion habe man festgestellt, daß die Leber dreifach vergrößert war. Sie knirschte, als das Messer sie durchschnitt.

Die Frage ist, wen für diesen Zustand die Verantwortung traf.

Natürlich zunächst August selber. Aber warum trank er so viel? Doch wohl, um sich für eine gewisse Zeit von unangenehmen Eindrücken, die ihn belasteten, zu befreien.

Diese konnten in erster Linie natürlich von der übermächtigen Gestalt seines Vaters herrühren, der seinen Sohn obendrein wie einen »Sklaven« behandelte, um Völkers Ausdruck hierfür zu gebrauchen.

Bedrückend können für August auch seine häuslichen Verhältnisse gewesen sein, seine Ehe mit Ottilie, die mehr zu Goethe als zu ihm neigte. Beider Naturelle waren zu verschieden.

Eine weitere Zurücksetzung hatte August erfahren, als ihm Goethe die Teilnahme an einem Freiwilligencorps untersagte, zu dem sich 1813 alle jungen Leute Weimars gemeldet hatten. Goethe wollte August als seine Arbeitskraft nicht verlieren. Auch hielt er – in Übereinstimmung mit Minister von Voigt – das Unternehmen mangels Ausbildung für unsinnig. Tatsächlich hatte sich das Corps auch nicht bewährt und wurde nach seiner Rückkunft aufgelöst. Doch August erntete den Spott seiner früheren Kameraden, mit denen er in Zukunft nicht mehr zusammenkam, weil er sich als einziger in Weimar ausgeschlossen hatte.

Aber schon der Makel einer unehelichen Geburt kann August belastet haben.

Nicht auszuschließen ist auch, daß eine Veranlagung vorlag, ein vererbter Hang zum Alkohol. Überdies hatte Augusts Mutter ihrem Sohn schon in einem Alter von zehn Jahren Wein zu trinken gegeben.

Wie dem auch sei, so muß man fragen, wie konnte es kommen, daß Goethe eine solche Art »Dressur« mit seinem Sohne anzustellen vermochte, ein Ausdruck, der gleichfalls Völkers Buch entnommen ist. Wie konnte er August, wenn es auch nicht offen zum Ausdruck kam, in die Verzweiflung treiben?

Auf Goethes autoritäres Wesen war schon früher hingewiesen worden. Mitgewirkt haben mag dabei die damals herrschende Meinung, daß Kinder ihren Eltern bis zu deren Lebensende behilflich zu sein hatten. Mitgewirkt hat bei Goethe vielleicht auch die pädagogisch verfehlte Vorstellung, durch eine engere Bindung, durch morgendliche Rapporte den Sohn an die Kandare zu nehmen und ihn von Eskapaden fernzuhalten. Ergreifen ja Eltern mitunter Maßnahmen gegen ihre Kinder, die genau das Gegenteil von dem bewirken, was sie ausrichten sollen. Daß aber August labil war, stand wohl außer Frage.

Völker selbst findet eine Erklärung für Goethes Verhalten vor allem darin, daß Goethe in seiner schriftstellerischen Arbeit nun endlich zu einem finanziellen Erfolg gelangen wollte, nachdem er – nach Aufgabe seiner ministeriellen Tätigkeit – hauptsächlich nur von dem Mäzenatentum des Herzogs und von seinem väterlichen Erbe gelebt hatte. Denn allein als Dichter, sagt Völker, wäre Goethe verhungert. Goethe konnte aber für alle seine Zwecke keinen geeigneteren und zuverlässigeren Helfer finden als seinen Sohn.

Eine Entschuldigung für Goethes eigennütziges Verhalten ist in diesem Fall vielleicht darin zu erblicken, daß er sich der verderblichen Folgen, nämlich der »völligen Selbstaufgabe« Augusts, von der Kurt Eissler spricht, nicht bewußt gewesen ist.

Andererseits ist es die Frage, ob für Genies, wie es

Goethe eines war, nicht besondere Regeln gelten, wenn es sie drängt, ihre Schöpfungen zum Ausdruck zu bringen.

Goethes Umgang mit seinem Sohn steht hier jedenfalls im völligen Widerspruch zu seinem Verhalten gegenüber Christiane, der Mutter Augusts, wie später ausgeführt wird.

Goethes Verhältnis zu seiner Mutter

Beklagt wird auch Goethes Haltung gegenüber seiner Mutter.

Obwohl sich bei seinen verschiedenen Reisen wiederholt die Möglichkeit geboten hatte, seine Mutter in Frankfurt aufzusuchen, hat er sie dennoch gemieden. Und wenn er sie besuchte, dann nur bei anderen Gelegenheiten. Nie war das eigentliche Ziel seiner Reisen die Mutter in Frankfurt selbst gewesen. Die erste Begegnung fand vier Jahre nach der Übersiedlung nach Weimar statt, im Jahr 1779, auf einer Reise mit dem Herzog Carl August in die Schweiz. Dann kam es zu einem Wiederschen erst zwölf Jahre später im Jahr 1792 auf dem Weg zur Campagne in Frankreich und im Jahr darauf auf dem Weg zur Belagerung von Mainz. Auch 1797, als er seiner Mutter Christiane vorstellte, war sein eigentliches Ziel die Schweiz, um sich dort mit dem Schweizer Kunstprofessor Heinrich Meyer zu treffen. Das war das letzte Wiedersehen mit seiner Mutter. Sie war damals sechsundsechzig Jahre alt, Goethe achtundvierzig. Sie lebte noch zehn Jahre, aber Goethe hat sie nicht wiedergesehen. Auch zu ihrem Begräbnis fuhr er nicht, wie er ebensowenig zum Begräbnis des Großherzogs und Christianes ging.

Warum Goethe seine Mutter, die er zweifellos liebte und ehrte, wie Helmut Prang in *Goethes Mutter* schreibt, derart mied, bezeichnet dieser Autor als eine unerklärbare Merkwürdigkeit.[81]

Dabei war seine Mutter eine durchaus weltoffene Frau. Ihren »Hätschelhans« liebte sie über alles, doch hat sie ihn nie irgendwie eingeengt oder behelligt. Seine bewußte Abwesenheit ertrug sie ohne Bitterkeit. Dennoch war sie eine Natur, die die Menschen um sich brauchte, nicht zuletzt, um ihnen mit Rat und Tat zur Seite zu stehen und ihnen, wenn es geboten war, aus ihren Nöten zu helfen. Sie lebte deshalb in aller Herzen. Man nannte sie »Frau Aja« und verglich sie so mit der liebevollen Mutter der vier Haimonskinder, Aja, Schwester Karls des Großen. Sie liebte die Menschen, und diese fühlten das auch, wie sie selbst einmal von sich an Frau von Stein schrieb: Noch nie sei jemand von ihr mißvergnügt weggegangen. Sie »bemoralisiere« niemanden, sondern suche immer die guten Seiten am Menschen auf. Das Schlimme zu tadeln überlasse sie dem, der die Menschen erschaffen habe. So hatte sie sich beispielsweise sehr verständnis- und liebevoll auch des Problemkindes Bettina von Arnim angenommen.

Wo sie war, verbreitete sie, voller Humor, Frohsinn um sich. Sie konnte herrlich Märchen erzählen. Sie sprach, wie ihr der Schnabel gewachsen war und scheute dabei auch vor Ausdrücken der Straße nicht zurück. Ihre Orthographie war unmöglich.

Sie hatte sechs Kinder geboren, zwei überlebten: Goethe und seine Schwester Cornelia. Ihr Mann, der Jurist und kaiserliche Rat Johann Caspar Goethe, war siebzehn Jahre älter als sie. Er führte ein zurückgezogenes Leben. Ihr Vater war der Jurist und Frankfurter Schultheiß bzw. Bürgermeister Johann Wolfgang Textor.

Sie liebte die Geselligkeit, war aber auch geistig interessiert. So hatte sie ihre Kartenspiel-Tage, ging begeistert ins Theater und nahm an dem Lese-Zirkel der angesehenen, reichen und später geadelten Familie Bethmann teil, wo man sich aktuelle Schauspiele vorlas, wie Schillers *Don Carlos,* bei dem sie die Rolle des Marquis Posa sprach, wie *Wallensteins Tod* und *Die Jungfrau von Orleans,* ebenso Lessings *Nathan der Weise* und Goethes *Iphigenie* und *Tasso,* in dem sie die Rolle des Antonio übernahm. Auch Voltaires *Tancred* und *Mahomet* wurden in Goethes deutschen Übertragungen gelesen.

Es braucht nicht gesagt zu werden, daß sie sich auch für andere Werke ihres Sohnes lebhaft interessierte. Sie las zu Hause Goethes Roman *Wilhelm Meisters Lehrjahre,* den sie ganz herrlich fand und auf dessen Fortsetzungen, die ihr zugesandt wurden, sie jeweils mit Spannung wartete. Goethes Schauspiel *Die natürliche Tochter* erklärte sie für ein Meisterwerk. Doch fesselte sie an allem mehr der Inhalt als die literarische Form. Besonders ergötzte sie sich an Goethes Gedichten im ersten Band seiner Werke, vor allem an den Balladen wie der *Braut von Messina,* dem *Gott und die Bajadere,* dem *Zauberlehrling,* dem *Rattenfänger.* Sie zitierte überdies aus Goethes *Faust.*

Außer dem Lesen, auch dem Lesen von Modejournalen, denn sie mochte sich gern hübsch anziehen, widmete sie sich zu Hause dem Klavierspiel, später auch dem Schachspiel und mit Vergnügen dem neu erlernten Klöppeln. Sie schrieb viele Briefe an jedermann. In diesen zum Teil bombastisch anmutenden Schriftstücken sprach sie von sich oft in der dritten Person, von der »Frau Rat« oder der »Frau Aja«. Mit ihrem Sohn stand sie in Gedanken in ständiger Verbindung. Von Goethes Sekretär Philipp Seidel ließ sie sich heimlich von seinem Leben berichten. Später wandte sie sich an Fritz von Stein, den Goethe seiner Freundin zuliebe als Haussohn mehrere Jahre bei sich aufgenommen und, wie jener schrieb, mit viel Liebe und Sorge betreut hatte. Diesen Jungen veranlaßte sie, ein Tagebuch über Goethes Leben zu führen und ihr daraus zu berichten. Sie schrieb aber auch oft an ihren Sohn selbst. Von Goethes Briefen an seine Mutter sind dagegen nur zwölf bekannt.[82]

Später führte Goethes Mutter eine ausgedehnte Korrespondenz mit Christiane. Immer schon sandte sie im Sommer Weintrauben und Kastanien nach Weimar, auch türkischen Weizen und Frankfurter Printen, dann an Christiane auch Kurzwaren, wie sie das Auge einer Frau entzücken, einmal auch einen »herrlichen Sommerhut«. Übrigens verfaßte sie auch ein Kochbuch, betitelt *Frau Rath's Kochbuch*.

Natürlich erhielt Goethes Mutter auch Besuche, sie gab Audienzen, denn sie wurde hofiert. Herzogin Anna Amalie, Mutter des Herzogs Carl August, besuchte sie während eines Aufenthalts in Frankfurt mehrmals. Es entwickelte sich zwischen ihnen eine Art Freundschaft, aus der ein Schriftwechsel hervorging. Die Herzogin schenkte ihr einmal ein Amulett, ein andermal Strumpfbänder. Auch sandte sie ihr das »Tiefurter Journal« und einmal zwei Konfirmations-Predigten Herders, die sie sehr beeindruckten, im Gegensatz zu den Predigten, die sie in Frankfurt hörte. Als die Franzosen gegen Frankfurt vorrückten, bot ihr die Herzogin Asyl in

Goethehaus Frankfurt am Main, Staatszimmer

Weimar an. Doch die Mutter lehnte ab, so wie sie auch Einladungen Goethes nicht angenommen hat. Sie war zu unbeweglich. Aus Frankfurt ist sie kaum herausgekommen.

Eine besondere Ehrung erfuhr Goethes Mutter durch Königin Luise von Preußen, die sie nach Wilhelmstal bei Hanau einlud und ihr dort eigenhändig ein goldenes Geschmeide um den Hals legte. Auch Großherzog Carl August von Weimar war anwesend und sprach mit ihr über die glückliche Zusammenarbeit mit ihrem Sohne. In Frankfurt lud sie die Großherzogin Luise von Weimar während ihres Besuches dort zum Abendessen in das Taxische Palais ein und ließ sie mit einem Gespann abholen.

Als die Französin Frau von Staël auf ihrer Deutschland-Reise durch Frankfurt kam, ging ihr die Frau Rat hochgeschminkt mit einem Federbusch in den Farben der französischen Trikolore auf dem Haupte, mit den Worten ihres wenigen Französisch entgegen: »Je suis la mère de Goethe!« Zu einem näheren Kontakt mit Frau von Staël ist es jedoch nicht gekommen. Mit gebildeten Damen, wie beispielsweise der Sophie La Roche oder Elisabeth von der Recke, wußte sie in ihrer urwüchsigen Derbheit nichts anzufangen.

Goethes Mutter blieb bis zuletzt heiter und gelassen, sie blieb immer jung. Ihr Leben ruhte in einem festen Gottvertrauen. Gelassen nahm sie den Tod ihres Mannes hin. Gelassen trennte sie sich von dem Haus am Hirschgraben, das sie verkaufte. Mit Leichtigkeit zog sie mit einundfünfzig Jahren

Frau Rath Goethe. Scherenschnitt

in eine kleinere Wohnung am Roßmarkt um. Selbst ihrem Tode stand sie gelassen gegenüber. Als sie wenige Stunden vor ihrem Ableben noch eine Einladung erreichte und sie ihr Ende nahen fühlte, antwortete sie, die Frau Rat ließe sich entschuldigen, es sei ihr nicht möglich zu kommen, weil sie »allweil sterben müsse«. Nur einmal in ihrem Leben hatte sich ihr Gemüt verdüstert: als der Arzt ihr das Schnupfen untersagt hatte. Doch als das Verbot aufgehoben werden konnte, stellte sich die alte Heiterkeit wieder ein.

Warum Goethe seine Mutter mied, bleibt unergründet. Er selbst hat sich nie darüber ausgesprochen. Eduard Spranger bezeichnet Goethe als den »über sich schweigsamsten Menschen«. Auch in seiner Lebensbeschreibung *Dichtung und Wahrheit* hat Goethe seine Mutter kaum erwähnt. Nur in *Hermann und Dorothea* hat er ihr ein Denkmal gesetzt sowie in der Elisabeth im *Götz von Berlichingen.* Vielleicht wußte er mit seiner Mutter als einem »Original« nichts anzufangen. Vielleicht hielt sie nach seiner Empfindung nicht genügend Abstand von ihrer eigenen Person. Womöglich erinnerte ihn ihre Lebensform zu sehr an seine eigene Zeit des Sturm und Drang, mit dessen Dichtern seine Mutter bis zuletzt lebhaft sympathisierte. Er aber wollte nicht mehr an Vergangenes erinnert werden, das er, um seinen eigenen Ausdruck zu gebrauchen, wie eine Schlangenhaut abgestreift hatte. Er war, wie schon gesagt, streng darum bemüht gewesen, unangenehme Eindrücke, die sein inneres Gleichgewicht, seine »innere Kultur« – ein von Goethe gebrauchter Ausdruck – zu erschüttern drohten, möglichst von sich fernzuhalten. Insofern war er durchaus Egoist. Aber bei seiner hohen Empfindsamkeit war er eben auch anfälliger als jeder andere. Um nun die Betroffenen nicht zu verletzen, schwieg er lieber, als daß er sich darüber aussprach.

Kurt Eissler stellte in seiner *Psychoanalytischen Studie* der Mutter Goethes Frau von Stein als Antipoden gegenüber. Damit ist zugleich Goethes Einstellung zu seiner Mutter festgelegt. Denn Goethe gehörte – jedenfalls während der ersten zehn Jahre seines Weimarer Aufenthaltes – ausschließlich Frau von Stein an. Ihr allein diente er. Von ihr ließ er sich – mehr noch als durch seine dienstlichen Aufgaben – formen, erziehen und disziplinieren. Ihre »Schule« durchlief er. Damit trat in seinem Inneren, das bisher mehr den Emotionen ergeben war, eine Neuordnung ein, geschützt durch eine zugleich erworbene Selbstkontrolle. Er war ein anderer geworden, wie er auch im *Tasso* zum Ausdruck gebracht hat. Diese Aufbauarbeit wäre bei seiner Sensibilität durch eine engere Berührung mit seiner Mutter gefährdet worden. Denn im Gegensatz zu der hauptsächlich ethischen Zielen lebenden, pietistisch eingestellten Frau von Stein vertrat Goethes Mutter eine, von Selbstkontrolle nicht viel wissen wollende »Philosophie des lustigen Lebens«, ein Ausdruck Goethes selbst, den Eissler zitiert. Das auf sich wirken zu lassen, stieß Goethe, bei aller Liebe zu seiner Mutter, wahrscheinlich ab. Vielleicht war es ihm auch peinlich, ihr in seiner neuen Gestalt einer »gefaßten Persönlichkeit« einen Spiegel vorhalten zu müssen. Er und seine Mutter waren – infolge seiner Entwicklung – zu weit auseinandergerückt.

So läßt sich im ganzen über das Verhältnis Goethes zu seiner Mutter wohl kaum ein sicheres Urteil bilden.

Goethe antwortet nicht

Wenn man an jemanden schreibt, vielleicht gar unter Beifügung einer eigenen Arbeit, über die man gern ein Urteil hören möchte, und erhielte man hierauf keine Antwort oder bekäme die Arbeit ohne jedes Begleitschreiben zurückgesandt, so wäre man tief betroffen. Man müßte sich fragen: War das eigene Erzeugnis etwa so schlecht, habe ich den Adressaten etwa beleidigt – oder hat er gar vielleicht keine Erziehung? So etwa muß es vielen ergangen sein, die sich an Goethe wandten, von ihm aber keine Antwort erhielten.

So hatte Franz Schubert seine Vertonung von Goethes Balladen an Goethe gesandt, sicher in der Hoffnung, ihn damit beglücken zu können. Doch Goethe sandte ihm die Lieder wortlos zurück. Sie entsprachen nicht seiner nur an Zelters konservativem Musikverständnis orientierten Auffassung. Seine Gedichte wie den *Erlkönig, Mignon, Heideröslein,* die ihre eigene Melodie in sich tragen, mochte er nicht durch die Ausdrucksgewalt Schubertscher Musik übertönen lassen. Nach seiner Überzeugung hatte eine Vertonung allein zur Vervollständigung des lyrischen Gedichts zu dienen. Er beharrte also auf dem »klassischen Strophenlied«, das die Textworte genau untermalte. Er war ein Gegner von allem sogenannten »Durchkomponieren« der Lieder, das keine Wiederholung der Strophenmelodie zuließ.[83] Entsprach aber etwas nicht seinen Vorstellungen, dann befaßte er sich auch nicht damit.

Es wäre indes ein Irrtum zu meinen, Goethe liebte Musik nicht. Sein Musik-Verständnis war vielmehr außerordentlich. Mozart verehrte er über alle Maßen. Beethoven berührte ihn zutiefst. Der junge Mendelssohn mußte ihm in Weimar zu seinem Entzücken Kompositionen von ihnen stunden- und tagelang vorspielen. Für Bach schwärmte er. In Bad Berka konnte er, von dem dortigen Organisten auf dem Klavier vorgetragen, nicht genug von ihm hören. Bachs Klänge dienten ihm zugleich als Stimulans für seine in Bad Berka und Ilmenau ausgeübte geistige Tätigkeit.

Wenn Goethe Schuberts Musik ablehnte, so war es wohl vor allem der darin zum Ausdruck kommende romantische Subjektivismus, der ihn abstieß.

Ein anderer Fall ist der von Karl Solgers. Solgers, Philosoph und Historiker, hatte Goethe eine Übersetzung des Sophokles zugesandt, worauf dieser weder geantwortet noch sich bedankt hatte. Acht Jahre nach Solgers Tod versucht Goethe in einem Gespräch mit Eckermann am 21. Januar 1827 sein Verhalten wie folgt zu erklären:

»Lieber Gott – aber wie das bei mir geht! Es ist nicht zu verwundern. Ich habe große Herren gekannt, denen man viel zusendete. Diese machten sich gewisse Formulare und Redensarten, womit sie jedes erwiderten, und so schrieben sie Briefe zu Hunderten, die sich alle gleich und alle Phrasen waren. In mir aber lag dies nie. Wenn ich nicht jemandem etwas Besonderes und Gehöriges sagen konnte, wie es in der jedesmaligen Sache lag, so schrieb ich lieber gar nicht. Oberflächliche Redensarten hielt ich für unwürdig, und so ist es gekommen, daß ich manchem wackeren Manne, dem ich gerne geschrieben hätte, nicht antworten konnte. Sie sehen ja selbst, wie das bei mir geht und welche Zusendungen von allen Ecken und Enden täglich bei mir einlaufen, und müssen gestehen, daß dazu mehr als *ein* Menschenleben gehören würde, wenn man alles nur flüchtig erwidern wollte. Aber um Solgers tut es mir leid ... er hätte vor vielen anderen etwas Freundliches verdient.«

Goethe hätte indessen eine andere Lösung finden müssen, wollte er diejenigen, die sich an ihn wandten, nicht verletzen und vor allem seinem eigenen Bilde keinen Schaden zufügen. Ist auch die Wahrheitsliebe eine von Goethes stärksten Charaktereigenschaften, so wirkte sich dieser Zug in einer so undifferenzierten Weise hier nachteilig aus. Voller Kraft in sich ruhend, hat er sich sein Leben lang ganz und gar nicht um das Urteil der Welt gekümmert. Demzufolge aber sah er auch manches nicht, was anderen ohne weiteres auffällt. In mancher Beziehung war Goethe seiner Umgebung gegenüber wie mit Blindheit geschlagen. Dabei brauchte er im vorliegenden Fall doch nur die Worte der Frau von Stein zu gebrauchen, als sie ihm auf die Zusendung seiner *Römischen Elegien* hin schrieb, daß sie für »diese Art Gedichte keinen Sinn« habe. Damit hätte er dann noch seinen Dank für die guten Absichten verbinden können.

Goethes Kampf gegen Newton

Eine bedenkliche Rolle in Goethes wissenschaftlichen Bemühungen spielte der Kampf, den er mit seiner *Farbenlehre* gegen Newton, den Wissenschaftler, führte.

Isaak Newton, der fünfzig Jahre vor Goethe die neue mathematische Physik und physikalische Astronomie begründet, der neben Leibniz die Differential- und Integralrechnung erfunden, der das erste Spiegelteleskop erbaut hatte, entdeckte außer dem Gravitationsgesetz die Theorie der Schallfortpflanzung und die Theorie der Lichtbrechung und vor allem die Zusammensetzung des Lichts, das er, kurz gesagt, durch ein Prisma in sieben Spektralfarben zerlegte. Diese seine Theorie gilt von Anfang an bis heute unangefochten innerhalb der herkömmlichen »klassischen« Physik.

Nur Goethe stellte sich dem, was die Erklärung des Lichts anlangt, mit seiner *Farbenlehre* entgegen, auf deren Ausarbeitung er zwanzig Jahre verwendet hatte. Obwohl die Wissenschaft seine *Farbenlehre* damals für eine wunderliche Marotte erklärt hatte, dünkte Goethe sich im Recht. Er erklärte, das Licht, das hellste aller Wesen, könne nie aus dunkleren Lichtern, wie den Spektralfarben, »zusammengesetzt« sein. Das sei »barer Unsinn«, das sei »Hokuspokus« und »Taschenspielerei«, das zu behaupten sei »bis zum Unglaublichen unverschämt«.[84] Newton zu bekämpfen war ihm geradezu eine Existenzfrage. Dabei setzte er seine Bemühungen um die *Farbenlehre* noch über seine dichterische

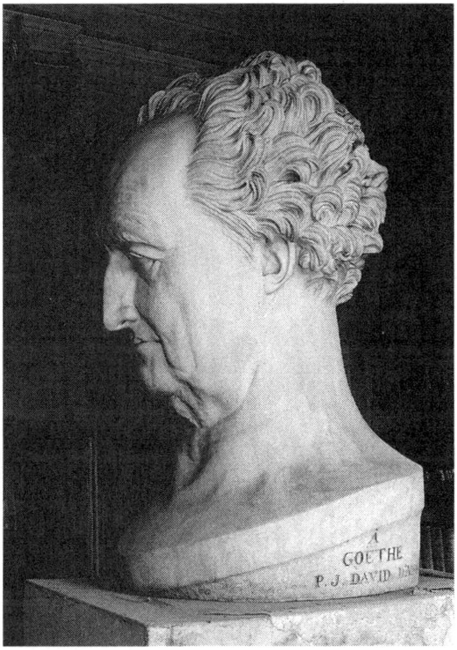

Goethe. Marmorbüste von David d'Angers, 1829

Produktion. Wie er Eckermann erklärte, sei er stolz, unter Millionen der einzige zu sein, der in dieser großen Sache allein das Rechte wisse.[85]

Dabei hat Goethe die Versuche Newtons nie exakt nachvollzogen. Mit Geräten umzugehen widerstand ihm. Vielmehr verkündete er in seinen *Maximen und Reflexionen*, das eben sei das größte Unheil der neuen Physik, daß man die Experimente gleichsam vom Menschen abgesondert habe und nur durch künstliche Instrumente zeigen wolle, was die

Natur leiste.[86] Es schien ihm nicht erlaubt, Naturerscheinungen den Zwängen von Apparaten zu unterwerfen.[87] Goethe betrachtete vielmehr den Menschen selbst als den größten und genauesten physikalischen Apparat. Die sinnliche Anschauung war für ihn die Grundlage, von der er ausging.

Kurt Eissler weist in seiner *Psychoanalytischen Studie* zum Vergleich auf die Art hin, wie Ärzte früher ihre Diagnose erstellten und erstellen mußten, nämlich allein durch eigene Beobachtung, während sich heute zwischen Arzt und Patient die Apparate schieben, womit ein Band zwischen beiden zerschnitten wird. Goethes Natur bäumte sich gegen eine solche Trennung zwischen Mensch und dem der Beobachtung unterliegenden Objekt auf. Insofern war er kein »moderner« Mensch, der sich ins Abstrakte erhebt, sondern stand noch auf dem Boden vergangener Zeit. Eissler sagt von ihm an anderer Stelle etwa, das Mittelalter erstrecke sich noch bis zu seinen Füßen. Ähnliches gilt auch für Goethes Einstellung gegenüber der am Horizont wetterleuchtenden Industrialisierung. Das betrifft aber nur des Menschen Stellung in diesem Kreis. Für die schon damals erörterten Projekte eines Panama- und eines Suez-Kanals sowie für eine Verbindung von Rhein und Donau konnte er sich dagegen begeistern.

Wie man vielleicht unterstellen darf, steht hinter dieser apparatefeindlichen Einstellung die Lehre Spinozas. Spinozas Pantheismus betrachtete Natur und Gott, Gott und Natur als eine Einheit. Für einen Gott neben der Natur war in dieser Lehre kein Raum. Diese Lehre, der sich auch Lessing angeschlossen hatte, entsprach ganz Goethes Einstellung. Auch er erblickte das Göttliche allein in der Natur. Daher sträubte sich sein Inneres dagegen, der Natur, statt mit dem Gefühl, mit toten Apparaten entgegenzutreten. Wenn auch die Wissenschaft selbst heute ihr Tun stets vom Standpunkt der Menschlichkeit aus in Frage stellen muß, so wollte Goethe das Menschliche außer in der Theorie auch bereits in der Methode gewahrt wissen – wie Conrady hervorhebt.

Dennoch war Goethes Arbeit an seiner *Farbenlehre* nicht wertlos. Hat sie auch der physikalischen Optik keinen Nutzen erbringen können, so sind doch unter künstlerischen und besonders ästhetischen Gesichtspunkten seine Interpretationen der sinnlich-sittlichen Wirkung der Farben nach wie vor bemerkenswert und werden von Fachpsychologen respektiert, wie Conrady weiter darlegt. Für die Sinnes-Psychologie, die Lehre von den Lebensvorgängen, gewann er neue Erkenntnisse, die vor allem der Ästhetik und der Malerei zugute kommen. Bereits Bielschowsky sagt:

»Er hat uns erst den Sinn erschlossen für eine vormals kaum beachtete Sphäre menschlicher Wahrnehmungen. Der Tätigkeit des Auges in Beziehung zu Licht und Farbe eine Gesetzmäßigkeit abzugewinnen, hatte man bis dahin kaum versucht. Erst von Goethe sind die Erscheinungen der farblosen und farbigen Nachbilder, des sukzessiven und simultanen Kontrastes in eine gesetzmäßige Formel gebracht worden. Die Darstellung dieser zarten Erscheinungen, ihres Entstehens und allmählichen Vergehens, für das er den den Vorgang ebenso andeutenden Ausdruck »abklingen« geprägt hat, die Lehre von den farbigen Schatten, worüber er noch

Italienische Küstenlandschaft. Zeichnung Goethes mit Bleistift und Tusche, 1787

eine besondere Abhandlung verfaßt hat, und manche andere aufschlußreiche Einzelheiten über die Gesichtsphänomene, bilden die erste Abteilung des didaktischen Teiles des Werkes, unter dem Namen Physiologische Farben. Es ist eine Lebensäußerung des Auges, das ist der Grundgedanke, daß es das Helle fordert, wenn man ihm Hell entgegenbringt, ›daß es, sowie ihm Farbe geboten wird, die Gegenfarbe fordert. So fordert Gelb das Violette, Orange das Blaue, Purpur das Grüne und umgekehrt‹, wie Goethe in § 38 und § 50 seiner *Farbenlehre* ausführt. Diese geforderten Farben sind ein Erzeugnis des Auges und gehören ganz ihm eigen, ihnen entspricht nichts Ähnliches in der Außenwelt. Mit der Auffindung dieser Gesetzmäßigkeit ragt Goethe in die neueste Farbenphysiologie hinein ... Goethe war sich der Bedeutung der physiologischen Farben vollkommen bewußt, er sagt es im ersten Paragraphen, daß sie das Fundament der ganzen Lehre machen. Sie eröffnen aber auch einen Einblick in den Grund des Irrtums, den er im Gebiete der physischen Farben, denen sich als dritte Gruppe chemische Farben zugesellen, begangen hat.«[88]

Soweit Bielschowsky bereits am Anfang des Jahrhunderts. Wilhelm Ostwald spricht in seiner 1908 erschienenen Schrift *Goethe, Schopenhauer und die Farbenlehre* rückwärts schauend, Goethes *Farbenlehre* für seine Zeit freilich jeden Erfolg ab. Die Malerei, die Farbgebung, habe hierdurch nichts gewonnen. Goethe habe mit seinem Beharren auf einem gefühlsmäßigen Erfassen der Dinge und in seiner damit verbundenen Ablehnung des mathematisch-physikalischen Denkens sowie seiner Parteinahme für die damals florierende Naturphilosophie (Schelling) der Wissenschaft in Deutschland nur Schaden zugefügt. Er habe den Fortschritt gehemmt und lediglich Schönrednern den Weg bereitet.

Nicht anders berichtet Felix Höpfner über diese Periode in seiner 1990 erschienenen Schrift *Wissenschaft wider die Zeit. Goethes Farbenlehre aus rezeptionsgeschichtlicher Sicht.* Er läßt vor allem Helmholtz zu Wort kommen, der am deutlichsten die im 19. Jahrhundert bestehende Ablehnung von Goethes *Farbenlehre* von seiten der physikalischen Wissenschaft zum Ausdruck gebracht hat. Kunst und Wissenschaft erklärte man damals für unvereinbar.

Im 20. Jahrhundert fand indes, wie Höpfner weiter ausführt, ein Umschwung statt. Die Wissenschaft, nun mit Riesenschritten vorwärtsschreitend, begann sich selbst bzw. ihren Wert in Frage zu stellen, weil man immer mehr ins Abstrakte geriet, immer mehr »zerlegte« und »isolierte«, und sich damit immer weiter vom Menschen selbst entfernte. Höpfner zitiert für diese Klagen viele Stimmen. Dieser Abstraktionsprozeß führte im Grunde zu einem Absterben der Seele. Da begann man sich wieder an Goethes *Farbenlehre* zu erinnern, in der Goethe eine Ganzheit und Einheit von Menschen und Welt angestrebt hatte. Nunmehr war auch die Wissenschaft bereit, über Goethes Irrtümer im einzelnen sich hinwegsetzend, seiner wissenschaftlich-theoretischen Grundhaltung Beachtung zu schenken und Goethes Wissenschaftsethos anzuerkennen.

So hat Werner Heisenberg 1987 in *Die Goethesche und die Newtonsche Farbenlehre* Goethe den modernen Mahnern gleichgestellt. Immer mehr habe sich die Naturwissenschaft durch ihre verfeinerten Methoden von der Sinnenwelt entfernt. Durch diese damit verbundene Teilung der Welt in verschiedene Bereiche sei eine große Zersplitterung des Geisteslebens erfolgt. Mit der Entfernung von der lebendigen Natur seien wir gewissermaßen in einen luftleeren Raum geraten, in dem kein weiteres Leben mehr möglich sei. Aufgabe sei es daher – so rufen die Mahner –, bei der Entwicklung der Naturwissenschaft in enger Verbindung mit der anschaulichen Erfahrung zu bleiben. Es genüge nicht, die Gesetze zu erkennen, nach denen alle Vorgänge der objekiven Welt ablaufen, sondern es sei notwendig, sich in jedem Augenblick aller Folgerungen dieser Gesetze für unsere Sinnenwelt gegenwärtig zu halten.[89]

Das hatte im wesentlichen ehedem auch Goethe gefordert.

Schon 1924 hatten sich Hermann Glockner in seiner Schrift *Das philosophische Problem in Goethes Farbenlehre,* und 1939 Hans Lipps in *Goethes Farbenlehre* lebhaft für Goethes Unterfangen ausgesprochen. Besonders Glockner hatte hervorgehoben, daß jedes Ding seine zwei Seiten habe, eine rationale und eine irrationale, so auch die Farbe, deren Wesen nicht nur in seinen physikalischen Gegebenheiten bestehe, sondern die weit darüber hinaus, in der Malerei und ebenso in der Dichtkunst, auf unser Gemüt wirke und damit ein Eigenleben von ungeahnter Gestaltenfülle annehme, über die hinwegzusehen ein Vergehen sei.

Adolf Muschg in *Goethe als Emigrant* sagt heute – weiter ausholend –, in der *Farbenlehre* kristallisiere sich für Goethe zugleich eine existentielle Frage. Sie erlaube ihm, die Früchte der italienischen Reise unter dem grauen Himmel Weimars zu konservieren.[90] Das Gesetz, das er in ihr entdeckte – die psychologischen Farben, die Schöpferkraft des Auges – dispensierte ihn von der Anarchie der politischen Geschichte und der Parteinahme für Alternativen, die für ihn keine waren.

In seiner 1968 erschienenen Schrift *Naturwissenschaft und Menschenbildung* legt Theodor Litt besonders klar, daß es Goethe in seinem Kampf gegen Newton nicht nur um den Streit zweier gegensätzlicher Auffassungen in einem besonderen Fall gehe, der Zerlegung des Lichts. Goethe habe sich vielmehr darüber empört, daß die abstrakt rechnende Wissenschaft seine Beschäftigung mit der als »Qualität« empfundenen und mit »Bedeutung geladenen« Farbe – für den Maler das Höchste – für Sinnestrug erklärt hat. Damit werde die Welt ihres Sinnes entleert. Gerade das sei der Fehler Newtons, daß er Goethe Subjektivismus, also Eigenmächtigkeit und Willkür vorwerfe. Goethes Sinnen sei indes allein auf die Welt der Erscheinungen gerichtet gewesen, mithin objektiv eingestellt. Wie er betont habe, sei der Mensch nur mit Aufgebot aller Kräfte seiner Sinnesorgane in der Lage, die Stimme der Natur zu vernehmen. Goethe sei damit für reine Menschenbildung eingetreten – ein Bekenntnis und eine Kulturtat.[91]

Ähnlich äußert sich Albrecht Schöne in *Goethes Farbenlehre* in dem zusammenfassenden Abschnitt »Apokalyptisches«, wo von Goethes Voraussage einer Selbstzerstörung des Menschen die Rede ist.

Muschg geht noch weiter. Unter Berufung auf Goethes naturwissenschaftliche Schriften und seine *Farbenlehre* fordert er – auf einer grünen Linie vorwärtsschreitend – ein Habeas Corpus für die »Materie«. Als »Mutterstoff« müsse sie ebenso gegen »Ausbeutung« geschützt werden wie die Menschen. Die Forschungsobjekte, betont er, haben ihre Würde nicht weniger als ihre Erforscher. Mangel an Ehrfurcht vor ihnen sei gleichbedeutend mit Menschenverachtung. »Wir brauchen einen Code – eine Konvention – erlaubter Umfangsformen mit der hochempfindlich gewordenen Natur, eine Stilkunde der Schonung«, sagt er.[92]

Goethes Verhältnis zu Kleist

Als einen Fehler Goethes empfindet man bekanntlich seine Ablehnung Heinrich von Kleists. Indes verhält sich die Sache anders, als es den Anschein hat.

An sich war Goethe Kleist durchaus freundlich gesonnen. Sein hohes Talent verkannte er nicht, und er versuchte, ihn mit Rat zu fördern. Doch bald mußte er sehen, daß Kleist eine andere Richtung einschlug. Kritik löste bereits Kleists Frühwerk *Amphitryon* aus. Die Verschmelzung eines antiken Stoffes mit christlichem Gedankengut in der Person des Jupiter, die dem zu jener Zeit beliebten Synkretismus entsprach, empfand Goethe als einen Mißgriff. Auch der Schluß des Stückes sagte ihm nicht zu, die Lösung des Ehekonfliktes bezeichnete er als »kladrig«. Erschwerend kam hinzu, daß ihm dieses Werk von einem Fürsprecher Kleists (Adam Müller) übersandt worden war, den er zwar schätzte, der aber zufolge einer romantischen Neigung zum Katholizismus übergetreten war, was Goethe in seiner Auffassung bestärkte, auch Kleist gehöre dieser, seiner Meinung nach das Krankhafte kultivierenden Geistesrichtung an. Denn während ihm die Klassik als das Gesunde erschien, empfand Goethe das Romantische als etwas Krankhaftes, das den Menschen in Gefahr bringe, in Dunkelheiten zu versinken, wie er Eckermann im Gespräch vom 2. April 1829 erklärte.

So glaubte Goethe, auch in Kleists *Amphitryon* Zeichen der zu jener Zeit aktuellen religiösen Schwärmerei zu erkennen, die ihm peinlich war. Doch unterlag er hier einem Irrtum, wie so mancher andere in dieser Beziehung auch, was Jochen Schmidt eingehend dargelegt hat. Wenn das Stück auch »mystisch« erscheinen mag, stand doch Kleist auf dem Boden friderizianischer Aufklärung, durch sein ganzes Werk ziehen sich die Spuren einer spezifisch aufklärerischen Kritik an Religion und Kirche.[93]

Wie freundlich Goethe Kleist an sich gesonnen war, geht daraus hervor, daß er Kleists *Zerbrochnen Krug* in Weimar zur Aufführung brachte und hierauf große Mühe verwendete. Nur erkannte er – als Regisseur – nicht die damals dem Stück noch anhaftende Schwäche, den zu langen Bericht der Eve. Auch zerschnitt er das Stück in drei Teile und füllte die zwei Pausen obendrein mit Musik aus. Das alles führte zu einem Mißerfolg des Stückes. Obwohl Kleist den Bericht Eves später von fünfhundert auf fünfzig Verse verkürzte, maß er den Mißerfolg der Aufführung allein Goethe zu, was dieser wiederum als eine Undankbarkeit empfand, durch die er sich seinerseits zurückgestoßen fühlte. Goethes Überlegungen und Empfindungen zu der Aufführung des *Zerbrochnen Krugs* sind eindringlich von Joachim Müller in *Goethe und Kleist* dargestellt worden.[94]

An Kleists Stücken war es nicht das Tragische, das ihn abstieß, wie teilweise behauptet wird. Wenn auch das Tragische selbst nicht Goethes Richtung entsprach, so nahm er doch lebhaften Anteil an dem Tragischen in den griechischen Tragödien, in den Trauerspielen bei Shakespeare und vor allem bei Schiller, nicht weniger bei Calderón, bei Manzoni und Byron. Auch hat er zeitgenössische Tragiker in Weimar zur Aufführung gebracht. Was ihn bei Kleist abstieß, war die »Gewaltsamkeit der Motive«, das »Inhumane«, die »nordische Schärfe«, die Überspitzung, die er als krankhaft empfand. Kleists *Käthchen von Heilbronn* hat er als ein wundersames Gemisch von Sinn und Unsinn und als verfluchte Unnatur bezeichnet. Den in diesem »historischen Ritterschauspiel« enthaltenen starken Gefühlsausdruck hat er nicht wahrgenommen. An der »Penthesilea« störte ihn die Streitsucht. Zur Erzählung *Michael Kohlhaas* äußerte er, so gut und geistreich die Begebenheiten auch geschildert seien, gebe es doch im Leben Unschönes und Beängstigendes, mit dem sich die Dichtkunst bei noch so kunstvoller Behandlung nicht befassen sollte. Goethe zog damit eine scharfe Grenzlinie, auch für sein eigenes Wirken. Auch gegenüber unglücklichen Ereignissen und sogar im Angesicht der Pest müsse der Dichter seine Heiterkeit und geistige Freiheit bewahren, der Romantiker indes verfalle in solchen Lagen in Hypochondrie.

Obwohl Kleist trotz seines Verdrusses Goethe bis zuletzt verehrte und gestand, daß er sich mit ihm in keiner Weise zu vergleichen wage, obwohl er und seine Seelenfreundin Henriette Vogel – eine verheiratete Frau, mit der er sich, unter Duldung des Ehemanns, seit zwei Jahren durch eine gemeinsame religiöse Schwärmerei verbunden fühlte – mit Goethes Werken vertraut waren und sie ihn in einem Brief sogar »meinen Tasso« und »meinen Werther« nannte, und obwohl beide, ehe sie gemeinsam – sie wegen eines unheilbaren Krebsleidens – in den Tod gingen, zuvor noch Goethes *Wahlverwandtschaften* lasen, war Kleist nicht frei von

Ehrgeiz und Aggressivität und strebte danach, Goethe im Wettbewerb den »Kranz von der Stirne zu reißen«, wie er selbst einmal gesagt habe.

So versah Kleist seine Zeitschrift »Phoebus«, die allerdings nur ein Jahr bestand, mit verschlüsselten Spitzen gegen Goethe, der diese auch wahrnahm, wie Katharina Mommsen in ihrem Buch *Kleists Kampf gegen Goethe* eingehend darlegt, aus dem auch alles andere hier entnommen ist. Schon das Titelblatt der Zeitschrift enthielt einen Hieb gegen Goethe: Über einem die Sonnenrosse lenkenden Phoebus, dem Gott der Musen und der Dichter, leuchtete das Sternzeichen der Waage, unter dem Kleist geboren war, während links daneben, dem umfassenden Bogen folgend etwas tiefer, das Sternzeichen Goethes, die Jungfrau, und rechts daneben dem Bogen folgend, das Sternzeichen Schillers, der Skorpion, dieses Bild einschließen, somit Kleist in Gestalt des Phoebus als die beherrschende Gottheit erscheint. Auch diese Geste dürfte Goethe erkannt und als eine Anmaßung und Herausforderung empfunden haben.

Als in dieser Zeitschrift, zu deren Mitarbeit er aufgefordert worden war, gar eine Arbeit von dem Romantiker Novalis erschienen war, von dem sich Goethe literarisch bedroht fühlte, war ihm das Anlaß, mit Kleist zu brechen, so sehr er ihn auch »geliebt und gehoben« habe. Er betrachtete das Angebot als den versteckten Versuch, ihn für fremde Ziele einzuspannen. Doch hat er seinen Unwillen über Kleist nie öffentlich zu erkennen gegeben, sondern rücksichtsvoll für sich behalten.

Ob Goethe Kleists *Prinz von Homburg* je gelesen hat, ist nach vorgenannter Schrift ungewiß. Kleist hatte sich, von Fehlschlägen entmutigt und mittellos, das Leben genommen, da ihm, wie er in einem Abschiedsbrief schrieb, auf Erden nichts mehr zu lernen und zu erwerben übrigbleibe. Seine Stellung als Redakteur einer führenden Berliner Zeitung war durch die Zeitumstände hinfällig geworden, als die den Ruhm der Zeitung ausmachende Nachrichtenquelle durch die Zensur zum Versiegen gebracht worden war. Durch den Tod der Königin Luise hatte er eine kleine Rente verloren, die ihm die Königin aus ihren eigenen Mitteln ge-

Heinrich von Kleist. Kreidezeichnung von Wilhelmine von Zenge, 1806

währte. Der Staat verweigerte ihm eine mündlich versprochene Pension. Sein handschriftlich der Prinzessin Wilhelmine von Preußen gewidmetes Manuskript des *Prinz Friedrich von Homburg* aber war in Hofkreisen nicht im geringsten beachtet worden.[95]

Das Verhältnis zwischen Goethe und Kleist kann man nur als tragisch bezeichnen. Beide Persönlichkeiten waren zu verschieden. Gewiß empfindet man es heute als einen Irrtum, wenn Goethe an seinen klassizistischen Maßstäben unnachgiebig festhielt. Aber ein schlechter Charakterzug etwa, um dessen Prüfung es vorliegend geht, läßt sich darin nicht erkennen.

Man sollte auch Goethes Urteilsfähigkeit nicht überfordern. Er war schließlich Dichter, kein Kritiker. Kritiker sollten objektiv sein, aber einem Dichter wird man es nicht verübeln können, wenn er die Dinge allein von seiner Warte aus betrachtet. Er darf sich wehren, wenn er den Boden, auf dem er steht, gefährdet sieht. Wie eng Goethes Grenzen gezogen waren, läßt vielleicht schon seine Äußerung über Kleists *Michael Kohlhaas* erkennen. Er hatte darin Unschönes und Beängstigendes erblickt, mit dem sich die Dichtkunst bei noch so kunstreicher Behandlung nicht befassen sollte. Goethe lebte in einer Welt des Klassisch-Schönen, die er schützen wollte. Inzwischen sind auch in der Dichtkunst Abgründe aufgerissen worden, neben denen eine Erzählung wie die von Michael Kohlhaas gemäßigt erscheint. Die Klassik wollte den Menschen vor Krankheit bewahren, wollte ihn heilen. Das Romantische aber empfand Goethe, wie gesagt, als etwas Krankhaftes.

Man kann es daher nur als eine Ironie des Schicksals bezeichnen, wenn Goethe gerade dadurch, daß er Kleist zur Gesundung führen wollte, an Kleists Verzweiflung mitgewirkt hat.

Goethes Verhältnis zu Heine

Als betrüblich gilt auch Goethes Ablehnung von Heinrich Heine. Schon die Begegnung Heines mit Goethe bei seinem Besuch in Weimar 1824, als der Siebenundzwanzigjährige vor den Fünfundsiebzigjährigen trat, verlief unglücklich. Heine hatte ihm ein halbes Jahr vorher seine Erstlingswerke, Tragödien und ein Lyrik-Intermezzo, übersandt. Ob Goethe diese schon gelesen hatte, ist ungewiß.[96] Heine erregte bei dieser Begegnung jedenfalls den Unwillen Goethes, sei es nun, daß er trotz seiner Unterwürfigkeit durch ungeschickte Äußerungen durchblicken ließ, er fühle sich ihm ebenbürtig, wie Friedlaender unter Hinweis auf Oskar Walzels Deutung in seiner Einleitung zu Heines Werken annimmt, sei es, daß Heine auf eine Frage Goethes, womit er sich gegenwärtig beschäftige, angab – Heines Verwandte behaupten das –, er arbeite an einem *Faust*, worauf er von Goethe entlassen wurde. Für letzteres spricht, daß sich Heine tatsächlich mit dem Gedanken trug, einen *Faust* zu schreiben, in dem, anders als bei Goethe, Mephisto die handelnde Person sein sollte. Die Tatsache, daß Heine in drei bald folgenden Briefen an seine Freunde nichts von einem derartigen Abgang schreibt, spricht nicht, wie Friedlaender folgert, gegen einen solchen Verlauf. Denn Heine hatte sich vorerst nur Notizen in dieser Richtung gemacht und wollte womöglich zunächst nicht weiter darüber reden; er hat den Plan, jedenfalls in dieser Form, dann auch nicht ausgeführt. Ein Grund für sein Verschweigen mag vor allem der Wunsch gewesen sein, sich vor seinen Freunden keine Blöße zu geben. Daß Heine leicht überheblich sein konnte, daran besteht kein Zweifel. Hielt er sich doch für einen Titanen der kommenden Dichtergeneration. Wie Rahel Varnhagen von Ense, die Heine bemutterte, an ihren Mann schrieb, verwechsle sich Heine mit Goethe und träume von Ruhm. In der Tat ist ihm dieser ja auch zuteil geworden. Heute wird sein Name neben dem Goethes genannt, besonders im Ausland

So war es also entweder Heines hochfahrendes Auftreten oder Heines »Anmaßung«, sich seinerseits mit einem Faust-Stoff zu beschäftigen, was Goethes Unwillen erregt hatte.

Heinrich Heine, 1831. Gemälde Öl auf Papier auf Leinwand von Moritz Daniel Oppenheim

Vielleicht war es aber auch schon Heines Wesen ganz allgemein, das eine ablehnende Haltung hervorrief. So schreibt zum Beispiel Ludwig Börne in seinem Buch *Urteil über H. Heine* einem Bekannten über den ersten Eindruck, den er von dem vierunddreißigjährigen Heine bei einer Begegnung 1831 in Paris hatte, folgendes:

»Man soll sich dem ersten Eindruck nicht hingeben. Aber mit Ihnen brauche ich mich nicht vorzusehen, das bleibt unter uns, und wenn ich meine Meinung ändere, sage ich es Ihnen. Heine gefällt mir nicht. Sollten Sie wohl glauben, daß, als ich eine Viertelstunde mit ihm gesprochen, eine Stimme in meinem Herzen mir zuflüsterte: Er ist wie Robert, er hat keine Seele ... Ich weiß selbst nicht deutlich, was ich unter Seele verstehe. Aber es ist etwas, was oft gewöhnliche Menschen haben und bedeutende nicht, oft böse und gute nicht, beschränkte und nicht geistvolle Menschen. Es ist etwas Unsichtbares, das hinter dem Sichtbaren anfängt, hinter dem Herzen, hinter dem Geist, hinter der Schönheit, und ohne welches Herz, Geist und Schönheit nichts sind. Kurz, ich weiß es nicht. Dem Herrn XY traue ich Seele zu und Heine nicht!«

Es kommt nicht darauf an, ob dieser Eindruck richtig war. Börne hatte jedenfalls diesen Eindruck. Wer aber kann ausschließen, daß Goethe bei Heine nicht etwas Ähnliches empfunden hat, als ihn dieser in Weimar besuchte. Dann aber dürfte die Ablehnung verzeihlich sein. Denn Empfindungen wird man einem Menschen nicht zum Vorwurf machen können.

Viel schwerer als die ihm bei seinem Besuch in Weimar

zuteil gewordene Abweisung haben Heine später Goethes mißfällige Äußerungen über seine *Reisebilder* getroffen. Heine hatte sie ihm zwei Jahre nach dem Besuch zugesandt. Diese *Reisebilder* enthalten eine Zusammenfassung verschiedener Arbeiten wie *Die Heimkehr, Die Harzreise, Die Nordsee* das Buch *Le Grand* und italienische Reiseskizzen. Heine rang um Goethes Anerkennung. Er bewunderte seine Lyrik uneingeschränkt und nahm Goethe gegen seine Feinde in Schutz, was nach Auffassung von Jost Hermand allerdings nur vorgetäuscht war, weil Heine seine Gönner, die alle Goethe-Schwärmer waren, nicht verärgern wollte.[97] Als jedenfalls Goethe die *Reisebilder*, ein Herzstück seiner Werke, zurückwies, brach etwas in Heine zusammen.[98]

Was aber konnte Goethe am literarischen Werk Heines abstoßen? Wie weit waren beide voneinander entfernt? Wodurch sahen sie sich getrennt? Vielleicht läßt sich hierzu folgendes sagen.

Während Goethe die Welt der Objekte mit Liebe abtastete und in Ehrfurcht in sich aufnahm, um sie, in sich ruhend und im Gefühl gebunden, dichterisch umzugestalten, wie er das selbst von sich in *Dichtung und Wahrheit* sagt,[99] schuf Heine, innerlich unausgeglichen, viel aus der Phantasie. Er durchmaß damit weite Räume, stieß Tore auf, riß Grenzen nieder und führte den Geist in eine bis dahin ungeahnte Freiheit, wodurch er viele Dichtergenerationen im In- und Ausland inspirierte. Eine in seinen Dichtungen aufkommende Stimmung tilgt er gern am Ende mit dem Mittel der Ironie, weil er, wie es den Eindruck erweckt, vor Gefühlen keinen Respekt hatte und, wie behauptet worden ist, unvermögend gewesen sei, sich Empfindungen hinzugeben. Doch beruht diese Annahme auf einer Verkennung von Heines Wesen.

Bei alledem entwickelte Heine einen hinreißenden Stil, der bei aller Gelassenheit eine große Straffheit und Treffsicherheit besaß. Er formulierte »griffig und anschaulich«, wie Reich-Ranicki sagt. Besonders liebte er in seinen Gedichten den altdeutschen Stabreim, die Alliteration. Auch knüpfte er gern an Volkslieder an. Die griechische Versform dagegen war ihm zuwider. Als ein besonderes Stilmittel diente ihm eine wohl angeborene Schnoddrigkeit, die in eine Art Feuilletonstil einmündete. Er war ohne jede »Scheinheiligkeit« und kannte keine »Tabus«, auch ironisierte er sich selbst und bezeichnete sich am Ende seines Lebens als eine »arme unbegrabene Leiche«.[100] Heine stellte für seine Zeit den modernsten aller Dichter und Schriftsteller dar, was ihm in der Literatur freie Bahn schuf.

Heine war aber nicht nur von Natur aus unausgeglichen, sondern kultivierte seine »Zerrissenheit« obendrein ganz bewußt. Schon Hegel hatte »Zerrissenheit« als die der Zeit allein angepaßte Geisteshaltung erklärt, um sich inmitten des schon damals herrschenden Pluralismus sein freiheitliches Bewußtsein zu bewahren. Wie Jost Hermand im Kapitel »Nordsee III« ausführt, lehnte Heine alle Zeiterscheinungen radikal ab, die seinem Geist als zu eng begrenzt erschienen, also das Biedermeier mit seiner sich abkapselnden Idylle und die Romantik mit ihrem vergeblichen Versuch, eine längst vergangene, wenn auch schöne Epoche wiederzubeleben. Erst recht widerstand ihm die Verherrlichung alten

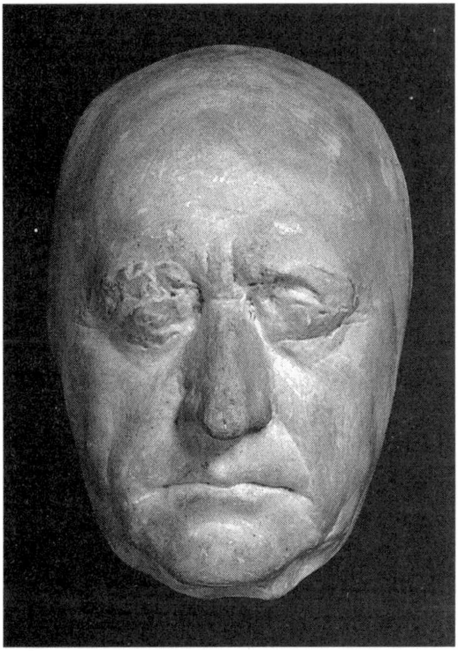

Goethe. Abguß der 1807 von Karl Gottlob Weißer abgenommenen Lebend-Gesichtsmaske, aus dem Besitz von Johann Gottfried Schadow

Germanentums durch die Burschenschaften, wie nicht weniger die erstrebte Rückführung des Ancien régime durch den Adel und das Großbürgertum. Auch religiöse Bestrebungen wies er zurück.

Auch Goethes neutraler, nur dem Objektiven zugewandter Kunstsinn, ohne jedes Engagement für die Gegenwart und die Politik, erschien Heine als abgestanden. So sehr er, wie gesagt, Goethes Lyrik bewunderte, so gehöre doch sein »indifferenter Ästhetizismus« einer vergangenen Zeit an.

Goethe erschien ihm als ein in Behaglichkeit lebender Genußmensch, der für eine Zeit der »Begeisterung und der Tat« nichts mehr tauge. Er warf Goethe Ichbezogenheit vor, die Neigung, die Angelegenheiten des eigenen Herzens zum Hauptgeschäft des Lebens und der Kunst zu erheben.

Doch gesteht er in seiner *Romantischen Schule* ganz offen, daß es Neid gewesen sei, der ihn gegen Goethe habe sprechen lassen. Allerdings habe er in Goethe nie den Dichter angegriffen, sondern nur den Menschen.

Doch damit tut Heine Goethe unrecht, denn diese Sicht ist zu einseitig. Gewiß zeigt Goethe wenig Interesse für die sogenannten »Tagesereignisse«. Die Nachricht zum Beispiel von dem wissenschaftlichen Sieg Geoffrey de Saint-Hilaires über seinen Gegner Cuvier mit seiner Goethes Überlegungen bestätigenden Evolutionstheorie, die in den Lebewesen eine zusammenhängende Entwicklung festzustellen versuchte, statt sich lediglich auf die Beobachtung von Einzelerscheinungen zu beschränken, war Goethe wichtiger als die gleichzeitige Nachricht von der soeben stattgefundenen französischen Juli-Revolution und dem Sturz der Bourbonen – wie Eckermann, darüber sehr verblüfft, in dem Gespräch vom 2. August 1830 festhält.

Verurteilt wurde Goethe bekanntlich vor allem wegen seiner teilnahmslosen Haltung gegenüber den Deutschland aufwühlenden Ereignissen der Befreiungskriege 1812/13. Gerade Thomas Mann schildert in *Lotte in Weimar* im ersten Drittel des fünften Kapitels, wie unglaublich kalt und teilnahmslos sich Goethe in den vorausgehenden Jahren gegenüber allen Schreckensnachrichten, wie später auch gegen die Siegesberichte, verhielt. Doch läßt er Goethe zu seinem Gesprächspartner sagen: »Der Deutsche, statt sich in sich selbst zu beschränken, muß die Welt in sich aufnehmen, um auf die Welt zu wirken. Nicht feindliche Absonderung von anderen Völkern darf unser Ziel sein, sondern freundschaftlicher Verkehr mit aller Welt, Ausbildung der gesellschaftlichen Tugenden, auch auf Kosten angeborener Gefühle, ja Rechte.« In Überheblichkeit zu beharren sei kindisch und abgeschmackt. Seinen Zuhörer begütigend, schließt Goethe mit den Worten: »Ich weiß, Sie meinen es gut. Aber es gut und rein zu meinen, genügt nicht. Man muß auch die Folgen abzusehen vermögen seines Betreibens. Vor dem Ihrigen graut mir, weil es die noch edle, noch unschuldige Vorform ist von etwas Schrecklichem, das sich eines Tages unter den Deutschen zu den grassesten Narrheiten manifestieren wird.« Der Leser mag dem widersprechen, doch Thomas Mann weiß, was er damit sagen will.

Allein Goethe konnte sich auch an patriotischen Fragen entzünden, wenn es dabei nicht um »Politik«, sondern um die Verteidigung innerer Werte ging. Nicht nur Eckermann und der Kanzler von Müller sowie Riemer haben mit Goethe Gespräche geführt und sie aufgezeichnet, auch der Schriftsteller und Pädagoge Johannes Falk, Dichter des Weihnachtsliedes »Oh, du fröhliche«, ist mit Goethe oft zusammengewesen und hat hierüber aufschlußreiche Aufzeichnungen in seinem Buch *Goethe aus näherem persönlichen Umgang dargestellt* vorgenommen. Da schildert er eine herzbewegende Szene. Es handelte sich um den Einfall der Franzosen in Weimar 1806 nach der Schlacht von Jena.

Schon vorher hatte man gedroht, in der Stadt keinen Stein auf dem anderen zu lassen, weil es der Herzog gewagt hatte, dem mächtigsten Kaiser der Erde als Widersacher entgegenzutreten. Tatsächlich erfolgte bei dem Einmarsch der Truppen in Weimar Tumult, Brand und eine dreitägige Plünderung. Nur der mutigen und besonnenen Haltung der in Weimar verbliebenen Herzogin Luise war es zu verdanken, daß sich der Zorn des sich tief beleidigt fühlenden Kaisers Napoleon legte und er dem Herzog die Rückkehr in sein Land erlaubte. Doch hegte er tiefes Mißtrauen gegen ihn und ließ ihn, was die Sache in Gang setzte, von Horchern umgeben. Da hieß es nun in einem Polizei-Bericht der französischen Regierung in Eisenach, von dem Falk als ein im öffentlichen Leben stehender und aktiv zum Wohl des Landes handelnder Mann Kenntnis erlangt hatte, es nähre den ohnehin schlecht verheimlichten Groll gegen Frankreich und komme einer Verschwörung nahe, so daß er erneut den Zorn des Kaisers reizen würde, wenn der Herzog ehemalige preußische Offiziere in sein Land ziehe; so einen Offizier (nachmals preußischer General) als Hofmeister für seinen Sohn, den Prinzen Bernhard; so einen Hauptmann als Hofmeister für die Großherzogin; so einen ehemaligen preußischen Offizier und Sohn eines Generals mit großem Gehalt als Präsident eines Landeskollegiums in Weimar, besonders wenn er Blücher, der, wenn auch vergeblich, in Lübeck dem Kaiser die Stirn zu bieten gewagt hatte, 4000 Taler vorstreckte, um ihm aus Schwierigkeiten zu helfen; oder wenn er auf dem Rückmarsch den Todfeind Frankreichs, den Herzog von Braunschweig, aufgesucht habe. Als Falk Goethe diesen Bericht Punkt für Punkt vortrug, sei ihm Goethe mit flammendem Gesicht erregt ins Wort gefallen:

»Genug! Was wollen sie denn, diese Franzosen? Sind sie Menschen? Warum verlangen sie geradewegs das Unmenschliche? Was hat der Herzog getan, was nicht lobens- und rühmenswert ist? Seit wann ist es denn ein Verbrechen, seinen Freunden und alten Waffenkameraden im Unglück treu zu bleiben? ... Daß der Herzog verwundete, ihres Soldes beraubte preußische Offiziere unterstützt, ... um seine alten Waffenkameraden und Zeltbrüder nicht verhungern zu lassen« – hier rollten Goethe die Tränen stromweise von beiden Backen –, »daß er dem heldenmütigen Blücher nach dem Gefecht von Lübeck einen Vorschuß von 4000 Talern machte«, daß er »den Herzog von Braunschweig, seinen Oheim, auf dem Todbette besuchte, ... das wollt Ihr eine Verschwörung nennen? ... Ich sage Euch, der Herzog soll so handeln, wie er handelt! Er muß so handeln! Er täte sehr unrecht, wenn er je anders handelte! Ja, und müßte er darüber Land und Leute, Krone und Zepter verlieren. ... Um keine Handbreit darf er von dieser edlen Sinnesart und dem, was ihm Menschen- und Fürstenpflicht in solchen Fällen vorschreibt, abweichen.«

Goethe hält hier also geradezu die Musterpredigt eines »patriotischen Ministers«. Seine Liebe zu Deutschland hat er Falk gegenüber abschließend mit den Worten bekräftigt:

»Komm an, Franzos! Hier und nirgends ist der Ort mit Dir anzubinden! Wenn Du dieses Gefühl dem Deutschen nimmst oder es mit Füßen trittst, was Eins ist, so wirst Du diesem Volke bald selbst unter die Füße kommen! Ihr seht, ich zittere an Händen und Füßen. Ich bin lange nicht so bewegt gewesen. Gebt mir diesen Bericht! Oder nein, nehmt ihn selbst! Werft ihn ins Feuer! ...Und so müssen wir es auch einst mit diesem übermütigen Fremden machen, wenn es je besser mit Deutschland werden soll.«[101]

Wie man sieht, war Goethe keineswegs indifferent, sondern konnte wie ein Vulkan ausbrechen, wenn es sich um die Verteidigung innerer Werte handelte, im vorliegenden Fall nicht nur um die Anhänglichkeit an seinen Herzog, sondern um Werte wie Treue überhaupt, besonders von seiten eines Fürsten gegenüber seiner Umgebung. Goethe stand bei diesem Gefühlsausbruch also fest auf patriotischem Boden, während er sich sonst als Schriftsteller und Dichter mehr als Europäer fühlte.

Heine erwähnt zwar in seiner *Romantischen Schule* das Buch von Falk ausdrücklich und teilt vieles daraus mit, doch über den vorstehend verzeichneten Gefühlsausbruch schweigt er.

Wie aber stand es mit ihm? Wo war angesichts der schon von Hegel empfundenen »Zerrissenheit der Welt« der Boden, auf dem er stehen konnte? Es blieb ihm nur, zu lavieren, nach dieser und nach jener Seite gezogen – wenn auch geistig immer selbständig und frei.

Heine klagt im Anblick dieser Lage, daß die Welt selbst mitten entzwei gerissen sei. »Denn da das Herz des Dichters der Mittelpunkt der Welt ist, so muß er wohl in jetziger Zeit jämmerlich zerrissen werden. Wer von seinem Herzen rühmt, es sei ganz geblieben, der gesteht sich nur, daß er ein prosaisch weltabgelegenes Winkelherz hat. Durch das meinige aber ging der große Weltriß.«[102]

Heine litt an einer »byronschen Zerrissenheit«. Er beschreibt das im weiteren mit den Worten: im Altertum und im Mittelalter habe – trotz gegenseitiger Kämpfe – immer noch eine »Welteinheit« bestanden, und es habe »ganze« Dichter gegeben. So sehr diese zu ehren seien und so sehr man sich an ihnen erfreuen solle, so wäre doch jede »Nachahmung ihrer Ganzheit« eine Lüge, die jedes gesunde Auge durchschaue. Mit anderen Worten, eine einmütige Hingabe an die Natur sei danach unserer Zeit nicht mehr gemäß und wäre ein Selbstbetrug.

Heine sah sich dadurch genötigt, allerorts die Echtheit von Gefühlen in Frage zu stellen und sich nicht in sie zu verlieren. Er ließ keine Selbstherrlichkeiten aufkommen, sondern mähte alles nieder. Das war seine Modernität, die begeistert Aufnahme fand.

Heine bekannte sich dabei, anders als Goethe, ernsthaft zu dem durch Wissenschaft und Technik geschaffenen Fortschritt, der es dem Menschen ermögliche, in Freiheit zu leben und sein Haus zu bestellen, wie er sagte. Goethe dagegen sah die einsetzende Industrie in *Wilhelm Meisters Wanderjahren* angstvoll auf seine Zeit zukommen, weil sie dem Menschen die Arbeit wortwörtlich aus der Hand nehme. Heine trat sodann begeistert für das Junge Deutschland ein, das für die Schaffung einer Demokratie kämpfte und sich für die Gedanken der Französischen Revolution einsetzte. Auf Grund des durch die allseitige Entwicklung hervorgerufenen Wohlstandes sei es nun nicht länger nötig, sagt Heine in der

Romantischen Schule, die größere und die ärmere Klasse der Menschen an den Himmel zu verweisen. Für Heine brach damit eine neue Zeit an. Man denke auch an sein Gedicht *Die schlesischen Weber.* Heine trat für alles Überpersönliche ein, das aus einer »Idee« abgeleitet ist und somit das eigene Ich in ein größeres gesellschaftliches Beziehungsfeld stellt, um Hermand weiter zu zitieren. Heine verehrte darum Lessing, Herder, Schiller, die sich anders als Goethe, mit Zeitproblemen auseinandersetzten, statt sich in Selbstgenügsamkeit auf die Erlebnisse ihres eigenen Ichs zu beschränken. Heine ließ nur das gelten, was auf eine neue »Befreiungsphase der Menschheit« hinzielte. Sich an Hegel anschließend, hielt er sich an diejenigen großen Männer, die nie zum ruhigen Genuß ihrer selbst kamen, weil ihnen das Bedürfnis nach »Veränderung der Welt« als das Höchste erschien.

Wie aber mußte das alles auf Goethe wirken – sei es auch zunächst nur in schwachen Andeutungen zu ihm gedrungen? Was konnte Goethe beispielsweise, um zurückzugreifen, speziell an der *Harzreise* Heines abstoßen? Darin wechselt eine zum Teil recht innige Naturbetrachtung, die das Rauschen des Waldes, das Ziehen der Wolken und den Vogelgesang begeistert in sich aufnimmt, mit sehr realistischen Schilderungen von Personen, die Heine unterwegs begegnet sind und die er im Spinnennetz seines Spottes zappeln läßt. Er geißelt damit zugleich die herrschenden Zustände, die Restauration und den Feudalismus wie bornierte Bürgerlichkeit und Philistertum. Er steht aber auch nicht davon ab, zum Teil recht empfindliche Spitzen gegen Goethes *Werther* und die *Italienische Reise* hineinzuweben – wie Jost Hermand in seinem *Kommentar zu den Reisebildern* des frühen Heine im Kapitel über die *Harzreise* drastisch vor Augen führt.

So stellt Hermand Lottes und Werthers Ergriffenheit, die sie befiel, als sie bei einem Gewitter am Fenster stehend mit Tränen hinaus in die Natur blickten, Heines Brocken-Szene gegenüber, bei der das Publikum gleichfalls mit Ergriffenheit vom Aussichtsturm den überwältigenden Sonnenuntergang erlebt, die Heine aber mit der an ihn gerichteten nüchternen Frage einer Dame enden läßt, ob er den *Werther* kenne. Werthers Schwärmen für Ossians Gesänge setzt Heine die Ossian-Schwärmerei zweier eng befreundeter betrunkener Jünglinge entgegen, die in ihrem Rausch schließlich in einen offenen Schrank, in dem sie eine schöne Landschaft zu erblicken glauben, geschubst werden. An die Stelle des Schusses, mit dem sich Werther getötet hat, tritt bei Heine der Knall der sich öffnenden Knospe einer Blume, Sinnbild seiner Liebe zu seiner Cousine in Hamburg. Diese hatte ihn zwar abgewiesen, aber Heine weiß sich mittels seiner Dichtkunst über den ihm zugefügten Schmerz hinwegzuheben.

Forschheit und Schwung in Heines *Harzreise* werden von den meisten bewundert. Andere Leser wiederum bemängeln diese Aufbietung von Geistesblitzen als ohne jede Wärme und darum tot. Für sie wiederholt sich auch hier der Eindruck, den Börne von Heine schon bei der ersten Begegnung hatte. Wenn es auch ungewiß ist, ob Goethe alle gegen ihn gerichteten Spitzen wahrgenommen hat, so mag ihn doch schon die Tonart, in der das Epos geschrieben ist, abgestoßen haben. Doch soll damit Heine hier kein Unrecht zugefügt werden. Vielleicht waren es Schicksalsschläge gewesen, die in Heines Schriften jede Innigkeit vermissen lassen. Hatte er doch gerade als junger Feuergeist schwere Demütigungen hinnehmen müssen: Die schon erwähnte Abweisung durch seine schwärmerisch umworbene Cousine in Hamburg, die versagte Zulassung zu einer Dozentur als Jude, die versagte Anerkennung durch Goethe. Wer vermag so viel auf einmal zu ertragen!

Ob Goethe auch Heines *Buch der Lieder* zur Hand genommen hat, das ihm Heine 1827, drei Jahre nach seinem Besuch in Weimar, übersandt hatte und durch das er Weltruhm erlangte, schon durch die zahlreichen Vertonungen, ist gleichfalls ungewiß. Wenn Goethe im Jahr 1827 an Zelter schreibt, falls Heine einmal aufhöre, ein Gassenjunge zu sein, dann sei er der größte Dichter, der je gelebt habe, so spricht das für eine Kenntnis von Heines *Buch der Lieder.*[103] Bedauerlich dann, daß Goethe diese Spur nicht weiter verfolgt hat. Aber vielleicht war es ganz allgemein Heines Schnoddrigkeit, die ihn abhielt, sich weiter mit ihm zu beschäftigen. Zudem spannte er seine Zeit ohnedies nur noch dafür ein, die Aufzeichnungen aus seinem Leben *Dichtung und Wahrheit* und vor allem seinen *Faust II* in die Scheuer zu bringen.

In jedem Fall kommt es geradezu der Entscheidung in einem Glaubenskrieg gleich, will man zwischen Goethe und Heine vermitteln. Bei Goethe dürfte es vor allem der Geist der sich an der Antike ausrichtenden »Weimarer Klassik« gewesen sein, die ihn hinderte, Heine in seiner Art zu verstehen. Mit »Klassik« ist dabei, wie gesagt, nicht etwa eine

Nachahmung der Griechen zu verstehen, sondern eine – entsprechend der Antike – auf die Erfassung der Wirklichkeit gerichtete Gestaltungskraft als »zeitlose Norm« (Joachim Fest), statt »fieberhafter Träume«.[104]

Welch enge Grenzen sich Goethe eben mit dieser, seiner klassizistischen Einstellung gezogen hatte, ist schon in dem vorausgegangenen Kapitel über Kleist angedeutet worden. Mit welchen Windungen hatte Goethe Kleists *Michael Kohlhaas* von sich gewiesen. Auch war dort gesagt worden, daß man Goethes Urteilsvermögen nicht überfordern dürfe. Dasselbe gilt auch hier. Goethe war nicht Kritiker, sondern Dichter, wonach es ihm freistand, sich abzuschirmen.

Die »Entwurzlung Goethes durch den Klassizismus«, wie es auch schon geheißen hat, das Gezwungene, zeigt sich auch in seinen Kunsturteilen. Hier bietet sich, als Tertium comparationis, seine einseitige Empfindungsweise den Blicken gleichsam graphisch dar. Es sei deshalb erlaubt – parallel zu den Urteilen im Bereich der Dichtung –, einiges von Goethes Kunstanschauungen vor Augen zu führen. So galt ihm nach der Rückkehr von seiner großen Italienreise 1788 in der Malerei fortan allein Raffael als das Ideal der zu erstrebenden Harmonie. Dagegen flößte ihm bei Michelangelo das Übermaß an Leidenschaftlichkeit bereits Angst ein, wie Gundolf meint.[105] Oder Boyle. Von den Übersteigerungen der Spätrenaissance bzw. des Manierismus wollte Goethe erst recht nichts wissen. Aber auch die Periode der Frührenaissance konnte ihn trotz ihrer zarten Innigkeit nicht befriedigen, weil es ihr an der formalen Durchbildung fehle. So hatte er auch für alles Archaische trotz seiner Ausdrucksstärke keinen Sinn. Alles Charakteristisch-Überzeichnete bei Künstlern etwa wie Rembrandt oder Dürer lag ihm nicht. Grünewald, schreibt Gundolf, wäre ihm gewiß zuwider gewesen. Dazu gehört auch, daß er sich nach seiner Begeisterung für die Straßburger Kathedrale später von der Gotik abgewandt hatte, die er dann nur noch als kraus empfand, wenn er auch, aus vaterländischen Gründen, für den Weiterbau des Kölner Domes eintrat. An dieser Grundeinstellung änderte auch nichts seine vorübergehende Begeisterung für Bilder der frühen Niederländer in einer Ausstellung der Brüder Boisserée in Heidelberg. Eine Ausnahme bildete die »Wildheit« in Delacroix' Darstellung der Faust- und Gretchen-Szenen, von der Goethe sehr eingenommen war.[106] Da regten sich in ihm offenbar wieder Impulse aus der Sturm- und Drangzeit, die zu der Konzeption des *Faust I* geführt hatten.

So verschlossen sich Goethe immer mehr Türen. Die Welt aber konnte und wollte nicht auf dieser Stufe stehenbleiben, nicht nur im Bereich der Kunst, sondern ebenso auf dem Gebiet der Dichtung und Literatur. Goethe scheint dies auch empfunden zu haben, wenn er am 6. Juni 1825 an Zelter schreibt, er sei sich bewußt, mit wenigen allein zu sein und zu den letzten einer Epoche zu gehören.

Heine seinerseits hat in einem Brief vom 2. Oktober 1824 erklärt, er und Goethe seien zwei Naturen, die sich in ihrer Heterogenität abstoßen müssen.[107] Aber nicht nur ihre Naturen waren es, die sich abstießen, sondern es handelte sich um den Zusammenprall zweier Zeitabschnitte, der »Klassik« und dem aufkommenden »Frührealismus«.

Das hinderte Heine jedoch nicht, sich im Laufe der Jahre zunehmend für Goethe zu begeistern, wie sich aus Äußerungen in der *Romantischen Schule,* in den *Französischen Malern* und aus seinen Auslassungen *Zur Geschichte der neueren schönen Literatur in Deutschland* ergibt.

Goethe kann man jedenfalls keine Schuld zuweisen, wenn er für Heine kein Verständnis aufbrachte. Dazu hatte er seine eigenen Grenzen zu eng gesteckt. Es war also nicht Mißgunst, was ihn hinderte, sondern ein strukturelles Unvermögen.

Goethe und Christiane

Ein Stein des Anstoßes war besonders Goethes Verhältnis mit Christiane Vulpius – damals wie für manche heute noch.

So schreibt Karoline Herder in einem Brief an ihren Mann vom 8. Mai 1789, Goethes Mädchen sei eine »Hure«.[108] Goethes Freund Fritz Jacobi berichtet 1805, also siebzehn Jahre nachdem Goethe diese Verbindung eingegangen war, an Zelter in Berlin von einem Besuch aus Weimar: Darüber seien sich alle einig, daß Goethe »diese gemeine Natur« nicht heiraten könne – was dieser dennoch ein Jahr später tat.[109]

Schillers Frau hat, nachdem Goethe inzwischen bereits fünf Jahre verheiratet war, geklagt, ein Dämon habe Goethe diese Hälfte angeschmiedet. Noch in einem Bericht der Marienbader Bade-Polizei vom 30. Juni 1822, also sechs Jahre nach Christianes Tod, heißt es nach der anfänglichen Recherche, daß Goethe still und zurückgezogen in seinem Betragen und nur für wenige aus der Badegesellschaft zugänglich sei, wozu der Professor H. aus Prag und der Prämonstratenser-Priester Z. aus Pilsen gehören; und weiter: »Die Abende bringt Derselbe größtenteils in Gesellschaft der Familie Levetzow zu und erscheint vorzüglich an der Seite des ältesten Fräuleins Ulrike von Levetzow, die ihn entweder mit Gesang oder einigen scherzhaften Gesprächen unterhält, wenigstens für einige Augenblicke die Unbilden zu vergessen, welche er durch die verunglückte Heirat seiner ehemaligen, unter dem Namen Madame Vulpius bekannten Wirtschafterin zu dulden hat.«[110]

Selbst heute noch hält ein Exponent wie Thomas Mann Goethes Verbindung mit Christiane für einen Fehltritt. In seiner *Phantasie über Goethe* von 1948 bezeichnet er Christiane als »gründlich ungebildet« und als »un bel pezzo di carne«, als ein hübsches Stück Fleisch, als eine »herausfordernde Libertinage, die die Gesellschaft weder ihm noch ihr verzieh«.[111]

Sage mir, mit wem du umgehst, so sage ich Dir, wer du bist, sagt Goethe unter Rückgriff auf ein Sprichwort in seinen *Maximen und Reflexionen.* Danach muß man erst einmal Christiane Vulpius gerecht werden, ehe man Goethe von einem ihm angehefteten Makel befreien kann.

Wer aber war dieses dreiundzwanzigjährige Mädchen, das sich Goethe zur Freundin und später zur Frau nahm? Wo kam sie her?

Christiane Vulpius stammte väterlicherseits aus einer alten Pastorenfamilie, deren Stammbaum sich bis 1611 verfolgen ließ. Ihr Großvater war Hochfürstlich-Sächsischer Hofadvocatus. Ihr Vater jedoch hatte ein Studium infolge frühzeitigen Todes dieses Großvaters und der Mittellosigkeit seiner Mutter abbrechen müssen und gelangte nur auf die Stelle eines Amtsarchivars. Als er starb, mußte der schon erwähnte Bruder Christian August Vulpius, vierundzwanzigjährig, sein Studium aufgeben und zusammen mit seiner Schwester Christiane, damals einundzwanzigjährig, ihre Mutter und die zahlreichen Geschwister ernähren. Der Bruder war an verschiedenen Stellen tätig, zuletzt fest angestellt als Bibliothekar an der Hofbibliothek von Weimar. Nebenher schriftstellerte er und schuf über sechzig Romane und dreißig Theaterstücke. Berühmt wurde er durch seinen damals viel gelesenen Räuberroman *Rinaldo Rinaldini.* Seine Schwester Christiane war als Blumenbinderin in einer Manufaktur für künstliche Blumen in Weimar tätig, in der sich auch adlige Damen der Gesellschaft zuweilen ein Taschengeld verdienten.[112]

Christiane war im Vergleich zu ihrem Bruder ungebildet und unliterarisch. Was sie besaß, waren Frohsinn und ein praktischer Blick.

Wie Kleßmann schreibt, war die Begegnung zwischen Goethe und Christiane zunächst durch ein beiderseitiges sinnlich-erotisches Begehren geprägt, aus dem sich aber eine tiefe Liebe entwickelte. Damit ist eigentlich schon alles gesagt.[113]

Achtundzwanzig Jahre lang lebte Goethe mit der um sechzehn Jahre jüngeren Christiane zusammen, von 1788 bis zu ihrem Tod 1816. Zunächst bestand achtzehn Jahre lang nur ein freies Verhältnis. Als ihn zwei Jahre nach Eingehen dieser Verbindung jemand fragte, warum er nicht heirate – womit eine standesgemäße Heirat gemeint war –, antwortete Goethe, er betrachte sich bereits als verheiratet, nur ohne Zeremonie. Trauen ließen sich Goethe mit Christiane allerdings erst 1806. Wenn er dies nicht schon früher getan hatte, so auch deshalb, weil Christiane in jungen Jahren, als er sie kennenlernte, noch nicht fähig gewesen wäre, sich in der Gesellschaft zu bewegen. Erst mußte sie dafür die notwendige Gewandtheit erlangen. Der Weimarer Gesellschaft wiederum war an einer Legalisierung dieses Verhältnisses nicht unbedingt gelegen. Die feudalistische Ordnung duldete wohl Verhältnisse nebenher, nur durften sie nicht in die Gesellschaft übergreifen.

Christiane hatte unter Goethe an sich kein leichtes Leben. Oft ließ er sie monatelang allein, um in Jena, in einer Art Klausur, seinen Arbeiten nachzugehen, nicht zuletzt, um damit auch für seine Familie zu sorgen. Selbst später, als der Haushalt nach Christianes Tod von seiner Schwiegertochter Ottilie geführt wurde, hat sich Goethe in ähnlicher Weise zurückgezogen. Und vielleicht hätte er das bei jeder Frau getan. Denn er brauchte für seine dichterische Produktion offenbar einen neutralen Ort. Kurt Eissler in seiner *Psychoanalytischen Studie* erklärt für Goethes schöpferische Tätigkeit Abgeschiedenheit für unabdingbar.

Während seines Zusammenlebens mit Christiane schuf Goethe unter anderem *Wilhelm Meisters Lehrjahre, Reineke Fuchs, Hermann und Dorothea, Die Metamorphose der Pflanzen,* Balladen, den Schluß von *Faust I, Die Wahlverwandtschaften* und die ersten Teile von *Dichtung und Wahrheit.*

Außerdem war Goethe weiter beamtet tätig. Wenn er auch nach der Rückkehr von seiner großen Italienreise von dem zehn Jahre geleisteten, ihn zermürbenden Staatsdienst entbunden worden war, blieb er doch, wie schon dargestellt, weiter für wissenschaftliche Institutionen verantwortlich und für Kunst und Theater zuständig. Auch mußte er zuweilen für den Hof Geschäfte besorgen wie beispielsweise für den Großherzog Carl August Voltaires *Tancred* übersetzen, den dieser auf der Weimarer Bühne aufgeführt sehen wollte. Auch Voltaires *Mahomet* hat Goethe dann ja übersetzt sowie Benvenuto Cellinis Selbstbiographie.

Da konnte Christiane oft nur sehr sehnsuchtsvolle, sich in Liebe verzehrende Briefe an ihren »Schatz« richten und ihn flehentlich um eine baldige Rückkehr bitten.

Andererseits wurde sie von der Gesellschaft gemieden und verachtet. So stand sie ganz isoliert da, kaum daß sie einen Vertrauten in ihrer Nähe hatte, mit dem sie sich einmal aussprechen konnte. Zwar gebar sie Goethe bald einen Sohn, August. Aber vier weitere Kinder starben kurze Zeit nach der Geburt.

Das alles vermochte sie nur zu ertragen, weil sie ein hochanständiger Charakter war, ein Mensch, dessen Blick nur geradeaus gerichtet war und der in seiner Vitalität und seinem aufgeschlossenem Wesen zuerst immer nur das Gute sah, der nie Gleiches mit Gleichem vergalt und keinem etwas Böses nachsagte – wodurch sie sich wiederum mit Goethe traf. Eine Deutung ihrer charaktervollen Handschrift würde dies sicher bestätigen.

Ihr Gesichtskreis war zwar beschränkt, und sie war sich ihrer Grenzen bewußt, die sie einhielt. Ihr Bereich waren das Haus und der Garten bzw. die Gärten, die Goethe besaß. Dort baute sie Gemüse an, zum Teil so viel, daß sie es verkaufen konnte, was dem Haushalt über gelegentliche Engpässe hinweghalf.

Ihr Hauptanliegen war, durch eine musterhafte Ordnung im Haus Goethe, dem sie mit Ehrfurcht begegnete, Frohsinn und Behagen zu bieten, was dieser hoch zu schätzen wußte.

Darüber hinaus ging sie gern ins Theater und auf Redouten, denn sie tanzte leidenschaftlich gern.

Goethes Mutter, die den Wert dieser Frau sogleich erkannte, beglückwünschte ihren Sohn zu seiner Wahl. Bei ihrem ersten Besuch in Frankfurt durfte Christiane zwar nur drei Tage bleiben. Als Goethes Mutter 1808 starb und es zur Erbauseinandersetzung kam, sandte Goethe Christiane hin, die, inzwischen zur Geheimrätin aufgestiegen, die Angelegenheiten zur größten Zufriedenheit aller Beteiligten regelte – ein weiterer Beweis ihres integren Wesens und ihrer praktischen Fähigkeiten. Diesmal nun blieb sie drei Wochen dort, von dem Frankfurter Kreis freudig aufgenommen.

Auch bei ihren Tanzereien in Bad Lauchstädt, wo sie ihres Leidens wegen öfters weilte, feierte sie eine Art Triumphe, die von den anwesenden Weimarer Gästen verblüfft zur Kenntnis genommen wurden. Goethe, der ihr diese Entspannungen herzlich gönnte, hatte seine Freude daran und ließ sich interessiert berichten.

Christiane war auch eine perfekte Gastgeberin, womit sie als Geheimrätin nun auch vor dem Urteil der Weimarer Damen bestehen konnte. In ihrem sozialen Empfinden nahm sie sich der untergebenen Bediensteten an. Dabei unterstützte sie Goethe auch in der Betreuung seiner Schauspieler, denen er, ein so strenger Theaterdirektor er auch war, gern eine gesellschaftliche Anerkennung zu verschaffen suchte. Christiane erwies sich für Goethe auch insofern als eine wertvolle Hilfe, als sie ihm während seiner Abwesenheit Bericht über die Theater-Aufführungen in Weimar und der Zweigstelle Bad Lauchstädt und über die Leistungen der

Schauspieler erstattete und darin ein so gutes Urteilsvermögen zeigte, daß Goethe ihr eines Tages erklärte, er wolle das Theater in Zukunft nur noch mit ihrer Hilfe führen. Nicht unerwähnt sei, daß er sie auch bezüglich seiner literarischen Arbeiten gelegentlich nach ihrer Meinung befragt und sich dabei über ihr vernünftiges Urteil und ihren gesunden Menschenverstand gefreut hat. Auch andere, die ihr wohlgesonnen waren, fanden sie nicht etwa »ungebildet«, wie das die Weimarer Gesellschaft von ihr behauptete, sondern hoben an ihr vielmehr ein einnehmendes Wesen, lockere, freie Umgangsmanieren sowie Herzlichkeit und Natürlichkeit hervor.

Wenn Christiane die Zeiten der langen Trennungen durchgestanden hat, so auch deshalb, weil sie sich der Liebe Goethes gewiß war. Dazu mag schon die Art beigetragen haben, mit der Goethe Frauen – ganz allgemein – betrachtete. Eckermann führt hierzu ein Tischgespräch mit einem Gast an, in dem Goethe, als von dem Verstand der Frauen die Rede war, mit den Worten herausfuhr: »Pah! als ob die Liebe etwas mit dem Verstand zu tun hätte! Wir lieben an einem jungen Frauenzimmer ganz andere Dinge als den Verstand. Wir lieben an ihr das Schöne, das Jugendliche, das Neckische, das Zutrauliche, den Charakter, ihre Fehler, ihre Capricen und Gott weiß was alles Unaussprechliche sonst; aber wir lieben nicht ihren Verstand.« Freilich mißt er dem Verstand insofern einen hohen Wert zu, als er zu fesseln vermag, wenn man bereits liebt.[114]

Christiane muß sich, wenn sie Goethe mit derartigen Augen betrachtet hat, sehr glücklich gefühlt haben. Sie schreibt ihm ja auch wiederholt, daß keiner der Männer, die sie beim Tanzen kennengelernt und mit denen sie – im beiderseitigen Einverständnis ebenso wie er mit seinen Badebekanntschaften – »Äugelchen« gemacht hat, ihm gleiche. Und wenn sie einmal einen Jüngeren kennengelernt hat, so findet sie bald, daß nichts weiter dahinter steckte. Als Goethe während ihres Zusammenlebens eine längere Zeit sehr krank wurde und man gar mit seinem Tode rechnen mußte, hatte sie erklärt, daß sie sich wohl kaum wieder einem Manne anschließen könnte.

Goethe betrachtete die Frauen, wie er selbst sagt, mit liebendem Auge. Wie aber verhielt sich seine Liebe im Verkehr mit Frauen nun praktisch? Da schreibt Emil Ludwig: »So hat Goethe sein Leben lang geliebt: werbend und dienend, huldigend und schützend, nie fordernd, nie eifernd, nie Herr.«[115] Und welch ein Bekenntnis spricht aus den letzten Worten seines *Faust*, wo er den Chorus mysticus verkünden läßt: »Das Ewig-Weibliche zieht uns hinan«!

Gewiß hat Goethe viele Frauen verlassen, weil er nicht gebunden sein wollte. Christiane aber hat ihn nie festgehalten, sie wahrte immer den Abstand, so sehr sie sich auch nach ihm sehnte; sie stellte nie Ansprüche. Insofern waren sich auch darin beide gleich; und sie hielten sich gegenseitig die Treue.

Einen Niederschlag von Goethes zärtlichen Gefühlen gegenüber Christiane erblickt Conrady in einigen Gedichten: *Der Besuch*, mit den Worten beginnend »Meine Liebste wollt ich gern beschleichen«, wo er Christiane im Schlaf überrascht, sich an ihren reinen Zügen erfreut und sich trotz starken Begehrens bezwingt, sie nicht zu wecken. Sodann in dem Gedicht *Morgenklage,* das mit den Worten beginnt »O du loses leidigliebes Mädchen«, und in dem Gedicht *Frech und froh* das mit »Liebesqual verschmäht mein Herz« anfängt.[116]

Christiane Vulpius. Porträt in Bleistift und Feder mit Sepia von Goethe, 1788/89

Weitere Zeichen seiner Liebe zu Christiane sind seine reizenden Zeichnungen von ihr, deren Porträts sich übrigens mit denen jedes anderen Künstlers messen können.

Conrady weist besonders auf Goethes bekanntes Gedicht *Gefunden* hin, mit Datum vom 26. August 1813 versehen, fünfundzwanzig Jahre nach ihrer ersten Begegnung, eine Huldigung an Christiane, wie sie schöner nicht erbracht werden konnte:

Gefunden

Ich ging im Walde
So vor mich hin,
Und nichts zu suchen,
Das war mein Sinn.

Im Schatten sah ich
Ein Blümchen stehn,
Wie Sterne blinkend,
Wie Äuglein schön.

Ich wollt es brechen,
Da sagt' es fein:
Soll ich zum Welken
Gebrochen sein?

Mit allen Wurzeln
Hob ich es aus
Und trugs zum Garten
Am hübschen Haus.

Ich pflanzt es wieder
Am kühlen Ort;
Nun zweigt und blüht es
Mir immer fort.

Auch in ihren Leiden hat Goethe sie nicht verlassen. Christiane war dick geworden, sie liebte zudem, wie Goethe, den Alkohol, vielleicht um sich über die langen Trennungen hinwegzuhelfen. Es fiel ihr alles zunehmend schwerer, und auch die Fürsorge für Goethe litt darunter. Goethe jedoch versuchte, ihr in ihrer Not Trost zu spenden. Mit Frühlingsanfang, am 15. März 1816, schrieb er auf sie ein Gedicht, in dem er sie, von ihren aufbrechenden Blumenbeeten ausgehend, mit dem Frühling verglich, der aber, in ihr verkörpert, das ganze Jahr über währt, weshalb er das Gedicht mit den Worten überschrieb:

Frühling übers Jahr

Das Beet schon lockert
Sich's in die Höh',
Da wanken Glöckchen
So weiß wie Schnee;
Safran entfaltet
Gewalt'ge Glut,
Smaragden keimt es
Und keimt wie Blut.
Primeln stolzieren
So naseweis,

Schalkhafte Veilchen
Versteckt mit Fleiß;
Was auch noch alles
Da regt und webt,
Genug, der Frühling
Er wirkt und lebt.

Doch was im Garten
Am reichsten blüht,
Das ist des Liebchens
Lieblich Gemüt.
Da glühen Blicke
Mir immerfort,
Erregend Liedchen,
Erheiternd Wort.
Ein immer offen,
Ein Blütenherz,
Im Ernste freundlich
Und rein im Schmerz.
Wenn Ros' und Lilie
Der Sommer bringt,
Er doch vergebens
Mit Liebchen ringt.

Nach diesen dichterischen Zeugnissen war Christiane in Goethes Zärtlichkeit eingebettet.[117] Doch sie starb elf Wochen später, unter Qualen an Urämie, einem damals nicht heilbaren Nierenleiden.

Goethe war von dem Verlust Christianes tief getroffen. In

seinem Tagebuch verzeichnet er: »Leere und Totenstille in und außer mir.« In einem Brief an Boisserée, seinen Beistand und Anwalt, schrieb er, sein Zustand grenze an Verzweiflung. Noch vier Jahre danach glaubte man, ihm den Verlust anmerken zu können. Goethe blieb anschließend vierzehn Jahre lang einsam.

Goethe hatte Christiane nicht nur durch seine Zärtlichkeit an sich gebunden, sondern beide fanden auch eine Bindung in einer glücklichen körperlichen Vereinigung. Christiane war ohnehin ein Naturwesen. Goethe aber war unmittelbar vorher in Rom durch eine junge verwitwete Italienerin, Faustina, gelöst worden, mit der er, neununddreißig Jahre alt, nach allen Anzeichen zum ersten Mal mit einer Frau Verkehr hatte. Das Verhältnis zu Frau von Stein war jedenfalls platonisch gewesen, über ein schwer errungenes »Du« war Goethe nicht hinausgelangt. Er hatte deshalb bis dahin nach den komplizierten Untersuchungen von K. R. Eissler in seiner zweibändigen psychoanalytischen Studie über Goethe wiederholt an schweren Spannungen und Störungen gelitten. Jetzt war er »genesen«, war »befreit« von den Bedrängnissen der Enthaltsamkeit. Nun ließ er im Glücksrausch, zugleich zur Freude Christianes, seiner Natur freien Lauf, im Unterschied etwa zu einer Erscheinung wie Tolstoi, der seine eigene starke Sinnlichkeit als eine große Sünde empfand.[118]

Daß es sich in der Faustina um eine reale Person auf römischem Boden gehandelt hat und nicht etwa um eine bloße Erfindung Goethes oder einen Decknamen für Christiane Vulpius, wie teilweise behauptet wird, geht aus der Begeg-

Charlotte von Stein. Silhouette von unbekannt

nung Goethes mit dem aus Italien zurückkehrenden Maler Johann Wilhelm Zahn hervor, dessen Besuch bei Goethe schon erwähnt wurde. Eckart Kleßmann schildert in einem der vielen Gespräche, wie Goethe, nachdem er sich tagelang an den italienischen Zeichnungen des Malers erfreut hatte, die Sprache auf die »Osteria alla Campagna« brachte.[119] Zahn wußte Bescheid, weil er dort mit deutschen Künstlern gefeiert hatte. Goethe bekannte ihm darauf, daß er sich dort mit der Römerin getroffen habe, durch die er zu den *Elegien* begeistert worden sei. In Begleitung ihres sie bewachenden

Oheims sei sie dort erschienen, und unter seinen Augen verabredeten sie ihre Zusammenkünfte, »indem wir«, wie der Chronist Goethe zitiert, »den Finger in den verschütteten Wein tauchten und die Stunde auf den Tisch schrieben«.

Auch Kurt Eissler erblickt in diesem Gespräch einen Beweis für Goethes römisches Erlebnis. Auch er zitiert die betreffende Aufzeichnung wörtlich. Zur Unterstützung weist er noch auf ein in Rom 1899 erschienenes Büchlein *Goethe a Roma* von Carletta hin, das in dokumentarischer Form alle Einzelheiten über die Familienverhältnisse der Faustina enthält, ihr Geburtsdatum, ihr Heiratsdatum, ihren Witwenstand; sie war Mutter einen kleinen Jungen, Tochter des Wirtes Agosto di Giovanni, Inhaber der genannten Osteria. Sogar ihr nach Carlettas Aussage in armen Familien äußerst seltener Name Faustina erscheint danach historisch verbürgt. Eissler drückt darum sein Befremden aus, daß von diesen so bemerkenswerten Aufzeichnungen noch kaum von einer Stelle Notiz genommen worden ist.

Daß Goethe jetzt Verkehr gehabt hatte, sah man ihm auch an. Sein Gesicht habe sinnliche Züge. Schon das zeugt für seine bis dahin geübte Zurückhaltung. Denn hätte er schon früher Verkehr gehabt, mit wem auch immer, so hätte man jetzt an ihm nichts Auffälliges mehr bemerken können. Was gar eine körperliche Beziehung etwa zu Frau von Stein anlangt, wie gelegentlich auch heute noch behauptet wird, so hätten sich die Spuren eines intimen Verhältnisses erst recht im Wesen der sonst so spröden Frau abgezeichnet und wären von der Weimarer Gesellschaft unweigerlich wahrgenommen worden. So auch Nicholas Boyle in *Goethe.*[120] Jochen Klauß in *Charlotte von Stein* schließt nach einer Aufzählung der eine körperliche Vereinigung bejahenden Stimmen mit einer Verneinung.[121] Verneinend äußern sich auch Conrady in dem Kapitel »Warum gabst du uns die tiefen Blicke?«,[122] desgleichen Staiger,[123] ebenso schon Bielschowsky.[124] Auch Effi Biedrzynski spricht in ihrem Weimarer Lexikon eindeutig von einem Platonismus. Staiger begründet seine Ablehnung mit dem Wesen der Frau von Stein, weist aber auf die Ära Nietzsche und auf das überholte Goethe-Handbuch aus dem Jahr 1918 hin, von denen eine körperliche Vereinigung als unausbleiblich angenommen worden ist, weil sich die rasende Eifersucht der Frau von Stein und ihr Haß gegen Goethe, als sie von seiner Verbindung mit Christiane erfahren hatte, nur mit einer vorausgehenden intimen Beziehung zwischen beiden erklären lasse.

Man spricht heute somit nur noch von einer reinen Seelenliebe zwischen ihnen. Conrady beruft sich hierfür besonders auf den Brief Goethes an Frau von Stein vom 1. Juni 1789, in dem Goethe beteuert, daß seine Beziehung zu Christiane sein Verhältnis zu ihr in keiner Weise berühre und um nichts verkürze.

Wie frei Goethe über die sinnliche Liebe dachte, hat er auch in den *Römischen Elegien,* früher *Erotica Romana* genannt, zum Ausdruck gebracht, die er etwa ein halbes Jahr nach der Begegnung mit Christiane schuf. Zwar ist der Gegenstand seiner Betrachtungen darin die römische Geliebte Faustina, doch den Impuls für diese Art von Dichtung schreibt man der Begegnung mit Christiane zu. Mit Freimut hat Goethe hier über die Dinge gesprochen, indem er sich die Dichter der Antike wie Properz, Catull, Tibull und Ovid zum Vorbild nahm, die er, mit klassisch geprägter Anakreontik verwoben, in seinen Elegien zu neuem Leben erwecken wollte. In der Form ist ihm das auch gelungen. Schiller schrieb an seine Frau, die Elegien seien zwar etwas schlüpfrig, gehörten aber zu den besten Sachen, die Goethe gemacht habe. An Goethe selbst schrieb er am 28. Oktober 1794, es herrsche in ihnen Wärme, Zartheit und echter körniger Dichtergeist. Einer hohen Fürstlichkeit gegenüber bekannte er, diese Gedichte habe er – trotz Zögerns – mit in seine Zeitschrift »Die Horen« aufgenommen, weil er durch die Schönheit, in der sie verfaßt seien, hingerissen worden sei.[125] Freiherr Karl von Dalberg, Bischof und späterer Kurerzkanzler und Fürstprimas, erklärte, diese Elegien überträfen sogar die der römischen Dichter. Die Weimarer Gesellschaft freilich war über die Zurschaustellung intimer Gefühle empört. Herzog Carl August, gewiß nicht prüde und selbst auf manche Liebesabenteuer zurückblickend, meinte, so sehr er dieses Gedichtwerk bewundere und sich daran erfreue, so hätte doch Goethe einige »rüstige Gedanken«, die er wörtlich ausgedrückt habe, bloß erraten lassen, andere untere geschmeidigeren Wendungen mitteilen, noch andere ganz unterdrücken sollen. So hat denn Goethe auch bei der ersten Veröffentlichung im Jahr 1795, fünf Jahre nach der Abfassung dieses Gedichtzyklus die II. und XVI. Elegie weggelassen.

Wenn auch oben bereits die Zeichen beschrieben worden sind, Goethes sinnliches Aussehen, aus dem zu entnehmen war, daß es sich in der Begegnung mit Faustina in Rom um den ersten körperlichen Kontakt mit einer Frau gehandelt hat, so geht das, wenn noch Zweifel bestehen sollten, doch schon aus dem Text der Elegien selbst hervor. Denn ein so freudig-keusches Erstaunen vermag nur der aufzubringen, dem solche Begegnung noch nicht zuteil geworden ist. Besonders auch die Tatsache, daß es Goethe drängte, diese Elegien zu veröffentlichen, spricht dafür, daß hier ein Urerlebnis vorliegt. Auch Kurt Eissler spricht von einer ersten Begegnung, wenn er auch wiederum andere Gründe dafür anführt.

Goethe verfuhr in dieser seiner Liebesbeziehung dennoch haushälterischer als seine römischen Vorbilder. So schreibt er in der V. – jetzt VI. – Elegie: »Raubt die Liebste denn gleich mir einige Stunden des Tages, gibt sie Stunden der Nacht mir zur Entschädigung hin.« Sein Bildungsstreben ließ ihm somit auch hier keine Ruhe. Tändeln war auch in Rom nicht seine Sache.

Goethes freie Einstellung zu den körperlichen Funktionen geht eigens aus seinem Gedicht *Das Tagebuch* hervor, das allerdings bisher fast in keine von Goethes Werkausgaben aufgenommen worden ist, weil man diese Erlebnisschilderung als unzüchtig empfindet, im Gegensatz eben zu Goethe, der gegenüber dem menschlichen sexuellen Begehren eine ganz natürliche Haltung einnahm. Das Gedicht findet eine Würdigung bei Conrady und bei Unseld sowie Vaget.[126]

Goethes Aufgeschlossenheit gegenüber der Erotik hat ihren Niederschlag auch in einer entsprechenden Sammlung von vielsagenden Bildern, Gemmen bzw. deren Gipsabdrücke und Bronzen gefunden, auch mit eigenen Zeichnungen Goethes, die in dem Buch *Die Erotica und Priapea aus den Sammlungen Goethes* von Gerhard Femmel/Christoph Michel wiedergegeben und beschrieben worden sind.

Durch die *Römischen Elegien* wurde also dem Leserkreis auch Goethes körperliche Liebe dichterisch nähergebracht. Goethe und Christiane sprachen sich über Sehnsüchte und Gelüste in ihren Briefen ganz offen aus. Christiane sprach von ihrer »Hasigkeit« und von »Schlampamps-Stündchen« und gebrauchte anmutige Umschreibungen von dem Objekt ihrer beiderseitigen Lust, Goethe sprach von »Schlender- und Hätschelstündchen«, die er sich wünschte.

Von welchen Sehnsüchten selbst Goethe befallen werden konnte, läßt sein Wunsch erkennen, Christiane möge ihm doch ihre neuen, in zwei Ballnächten durchgetanzten Schuhe senden, damit er sie an sein Herz drücken könne. Goethe war also sogar Fetischist, der eigenen Frau gegenüber.

Daß Goethe in den Nichtigkeiten des Alltags, die oft gerade in Ehen Anlaß zu Zwistigkeiten geben, stets Liebe und Verständnis hat walten lassen, geht aus einer Bemerkung Riemers, des Hauslehrers und Mitarbeiters Goethes, hervor, vor dessen Augen das Leben zwischen Goethe und Christiane ablief. Er schreibt, daß es zwischen beiden nie die gewöhnlichen Ehestandsszenen und Gardinenpredigten gegeben habe, die selbst in den legitimiertesten Ehen seiner nächsten Freunde nicht selten gewesen seien.[127]

Nach all diesen Einzelheiten kann man Goethe eigentlich nur als einen idealen Partner bezeichnen. Er hat die sich in einer Ehe abspielende Charakterprüfung mit Glanz bestanden. Trotz der Verpflichtung, die er gegenüber seiner Berufung als Dichter empfand, hat er das Eheleben beider zu einer unverbrüchlichen Gemeinschaft gestaltet. Immer hat er dabei gegenüber Christiane betont, daß sie zusammengehörten und zusammenhalten müßten, allein schon, um sich gegen die sich so häßlich gebärdende Außenwelt zu wehren. Er ging mit ihr öffentlich spazieren, Hand in Hand und Arm in Arm und fuhr mit ihr in seinem Wagen aus. Er nahm sie gegen alle in Schutz. Sie aber schenkte ihm, wie gesagt, Entspannung und Behaglichkeit, was er dankbar entgegennahm.

Es gibt Stimmen, die behaupten, Goethe habe keine passendere Frau finden können.[128] Diese Auffassung vertritt vor allem auch Eissler. Über Goethes Verhältnis zu Christiane hat sich auch der Franzose Marcel Brion in seinem Buch *Und jeder Atemzug für dich. Goethe und die Liebe,* wo er sich im Kapitel »Erotikon« nicht weniger für Christiane einsetzt.

Paul Kühn kann im Kapitel »Goethes Ehe« seines Buches *Die Frauen um Goethe* allerdings bei aller Lobpreisung Christianes am Schluß nicht umhin zu bemerken, daß das Aufrücken zur »Geheimrätin« Christiane insofern nicht gutgetan hat, als es sie zur Verschwendungssucht verführte. »Der Glanz um Goethes Stellung berauschte sie; sie wollte jetzt repräsentieren. Sie gab aus und wirtschaftete sinnlos, denn die aus Armut Emporgekommene glaubte, Goethes Mittel seien unermeßlich. Goethe hatte große Einnahmen, aber er lebte auch wie ein kleiner Fürst. Seine bedeutenden Repräsentationspflichten, seine glänzende Geselligkeit, seine unbeschränkte Gastfreiheit, seine wertvollen Sammlungen wie seine große Wohltätigkeit erforderten außerordentliche Mittel. Da war es kein Wunder, daß gelegentlich sein Hausstand in eine wirtschaftliche Krise geriet. So erhielt er einmal auf einer Reise im Jahre 1812 die Nachricht von den pekuniären Verlegenheiten seines Hauses, die ihn tief erschütterte. Und verhehlen darf man nicht, daß durch alle hausväterliche Liebe und Fürsorge Goethes und durch alles Bemühen, Christiane zu ihrem Recht zu verhelfen, ein Unterstrom von Leid fühlbar ist. Goethes Güte zu ihr war grenzenlos, aber zuweilen ist sie wie ein Nichtsehenwollen, ein Beschwichtigen der eignen Sinne.« Soweit Paul Kühn.

Diese Darstellung spricht nun allerdings gegen Christiane, weil sie später die ihr gezogenen Grenzen nicht mehr einhielt. Um so deutlicher geht aus der Schilderung Goethes Kraft hervor, unterschwelligen Belastungen nicht mit Häßlichkeit zu begegnen, sondern sie in Charakterstärke auf sich zu nehmen. Das Gedicht *Amyntas* läßt erkennen, daß es Liebe war, die Goethe alles hat ertragen lassen. In dem Gedicht – Amyntas ist der Name eines mazedonischen Königs aus alter Zeit – handelt es sich um die Geschichte eines Baumes, den ein Efeu umschlingt, mit tausend und tausend Fasern und Ranken in ihm wurzelnd, so daß er dem Baum Mark und Seele aussaugt. Da kommt einer mit gezücktem Messer und will die Stränge des Efeus durchschneiden, um den Baum vor dem Verderben zu retten. Doch flüstert es ihm aus dem Wipfel des Baumes abwehrend entgegen:

»Halte dein Messer zurück! Du reißest zugleich mit diesem Geflecht grausam das Leben mir aus. Hab ich nicht selbst den Efeu genährt und sanft zu mir heraufgezogen? Soll ich nicht lieben die Pflanze, die mein einzig bedürftig sich mit begieriger Kraft mir um die Seite sich schlingt? Sie nur fühl ich, nur sie, die umschlingende, freue der Fesseln, freue des tötenden Schmucks, fremder Umlaubung mich nur. Halte das Messer zurück und achte den Armen, der sich in liebender Lust, willig gezwungen, verzehrt! Süß ist jede Verschwendung. O laß mich der schönsten genießen! Wer sich der Liebe vertraut, hält er sein Leben zu Rat?«

Ein Lied von hingebungsvoller Liebe.

Anlaß zu dieser, im neunten Jahr des Zusammenseins verfaßten poetischen Äußerung war der Versuch Schillers gewesen, Goethe zu einer Trennung von Christiane zu bewegen. Denn auch Schiller hatte an dieser Verbindung Anstoß genommen.

Leicht ist Goethe der Zustand, mit Christiane sechzehn Jahre lang in freier Liebe zu leben, gewiß insofern nicht gefallen, als er damit gegen Gesetz und Herkommen sowie gegen seine eigenen Ordnungs- und Moralbegriffe verstieß, wie Boyle unter Hinweis auf Goethes späteres Verhalten bemerkt.[129]

Dem Lebensabschnitt Christiane sei abschließend noch eine Betrachtung Max Grunewalds in *Goethe und die Arbeiter* hinzugefügt. Der Autor hebt hervor, daß es Wahrhaftigkeit gewesen sei, die das Genie Goethe auch mit den einfachsten Menschenkindern verbunden hat. Goethe sei in seinem ganzen Leben nicht einen Augenblick bewußt von der Wahrheit abgewichen. Gerade sein Eheleben zeige ein Verhalten voller Wahrhaftigkeit. Denn man vergegenwärtige sich: hier ein Minister des Landes, ein Liebling des Hofes, angestauntes Genie des Volkes und der ganzen Kulturwelt, auf der anderen Seite ein Wesen, das ihm an Bildung und sozialer Stellung auch nicht annähernd gleichkommt.

Was aber hat Wahrhaftigkeit mit Christiane zu tun, ist gefragt worden.

Es bestehen nämlich Zweifel, ob Goethe, als er sich Christiane zuwandte, an ein dauerndes Verhältnis gedacht hat. Ein Brief aus der ersten Zeit dieser Verbindung, an Frau von Stein gerichtet, spricht dagegen. Nun male man sich aus, anstelle von Goethe habe ein anderer Mann aus der Weimarer Gesellschaft gestanden: In welche Konflikte wäre dieser wahrscheinlich geraten, einmal in seinem Verhältnis zu dem Hofkreis, zum anderen in seinem Verhalten zu der betreffenden Frau. Hätte er nicht vor vielem die Augen verschließen und sich manches vorlügen müssen, um der belastenden Situation durch eine »Verdrängung« zu begegnen? Was aber hätte das zur Folge gehabt? Sein Seelenleben wäre hierdurch gelähmt worden – es hätten sich innere Spannungen ergeben, dadurch wiederum wäre seine Anpassungsfähigkeit und Erlebnisfähigkeit gelähmt worden. Nunmehr konnte er der Frau nicht mehr »offen« gegenübertreten – das aber hätte auf die Länge der Zeit zwischen beiden zu Krisen geführt. Schließlich hätte der Betreffende, weil er »mit dem Leben nicht mehr fertig wurde« Hilfe bei einem Arzt oder beim Alkohol gesucht.

Anders Goethe. Er blieb »offen«. Denn er hatte keine

Scheu, sich auch hier, wie immer, dem Objektiven zuzuwenden; er sah den Tatsachen ins Auge, mit anderen Worten, er gab der Wahrheit die Ehre, was, ganz allgemein, den Weg zur Vernunft freilegt und damit, im Kleinen wie im Großen, Unstimmigkeit aus der Welt zu räumen vermag. Goethe blieb, was er war, und verkümmerte nicht etwa in »niederen Verhältnissen«, wie Herder und Humboldt fürchteten. So bedeutete seine Verbindung mit Christiane, die Art, wie er zu ihr gehalten hat, nicht nur die Tat eines persönlichen Lebens, sondern, wie Grunewald hervorhebt, die Tat eines grundsätzlichen Lebens.

Saitschick betont in *Goethes Charakter. Eine Seelenschilderung* ebenfalls, daß »Aufrichtigkeit« gegen sich selbst und andere ein Hauptzug in Goethes Charakter gewesen sei. Man kann sagen, ganz besonders dadurch hob er sich über andere hinaus.[130]

In Goethes *Maximen und Reflexionen* heißt es zudem, das erste und letzte, was vom Genie gefordert werde, sei Wahrheitsliebe.

Nochmals »Lotte in Weimar«

Christiane war also am 6. Juli 1816 gestorben. Bereits dreieinhalb Monate darauf erschien Lotte mit ihren Verwandten bei Goethe zu Besuch.

Vielleicht ist es zu verstehen, daß Goethe in seiner damaligen Verfassung nicht aufgelegt war, etwa »alte Verhältnisse« wieder aufleben zu lassen. Zudem vertrat er ohnehin den Standpunkt, daß Vergangenes hervorzuziehen nur dann einen Sinn habe, wenn es »ewig bildend« in uns fortlebe.[131] Auch dem Kanzler von Müller gegenüber hatte er sich am 21. Dezember 1824 dahingehend ausgesprochen, daß man frühere Freunde nicht wiedersehen sollte, man verstehe sich nicht mehr mit ihnen, jeder habe eine andere Sprache bekommen. Wem es ernst um seine innere Kultur sei – diesen Ausdruck hat er gebraucht –, der hüte sich davor, denn der dann hervortretende Mißklang störe nur und trübe das reine Bild des vergangenen Verhältnisses. Und so kam es auch hier.

Auf diese Prinzipien stieß Lotte bei ihrem Besuch. Sie schreibt deshalb über diesen Besuch durchaus mit Recht: »Ich habe eine neue Bekanntschaft mit einem alten Mann gemacht, welcher, wenn ich nicht wüßte, daß es Goethe wäre, und auch dennoch, keinen angenehmen Eindruck auf mich gemacht hat.« Auch ihre Tochter hatte durchaus richtig empfunden, wenn sie bemängelte, alles habe einen höfischen Anstrich gehabt und gar nichts Herzliches, was sie tief

Charlotte Buff. Scherenschnitt von unbekannt mit einer Widmung Goethes: »Lotte, gute Nacht. Am 17. Juli 1774«

beleidigt habe.[132] Thomas Mann hat danach diese Zusammenkunft sicher sehr treffend geschildert.

Vielleicht erklärt sich Goethes abweisende Haltung aber schon daraus, daß er womöglich gar nicht der war, für den ihn Lotte gehalten hatte.

Gewiß hat Goethe mit Lottes Familie, dem weitverzweigten Kestner-Clan, immer Verbindung gehalten bzw. sich auf Bitten Lottes auf Grund seiner Beziehungen für die Unterbringung und Förderung ihrer Söhne bemüht.[133] Gewiß hat er in *Dichtung und Wahrheit* der Zeit des Zusammenseins mit Lotte liebevoll gedacht, noch bevor Lotte ihn besuchte.[134]

Doch so sehr Goethe der Schmerz über die Trennung von Lotte nach dem Aufbruch von Wetzlar bewegte und immer von neuem befiel, so verliebte er sich damals doch bald wieder. Wetzlar ohne Abschied verlassend, hatte er sich zunächst auf einer Fußtour die Lahn abwärts nach Ehrenbreitstein begeben, wo er durch Merck in die angesehne Familie La Roche eingeführt wurde. Die ältere der beiden Töchter, Maximiliane, eine zierliche Gestalt mit blitzenden schwarzen Augen war es, die ihn dort sogleich fesselte. Die Verbindung mit ihr vertiefte er, als sie sich in Frankfurt alsbald verheiratete, mit einem Kaufmann Brentano, bis dieser ihn, wie Goethe selbst schreibt, in einer unangenehmen Szene des Hauses verwies, also anders reagierte als Lottes Verlobter Johann Christian Kestner.

Erst danach hat Goethe die *Leiden des jungen Werthers* geschrieben. Bestimmend hierfür war zugleich die aufsehenerregende Nachricht vom Selbstmord des Studenten Jerusalem, der, in eine verheiratete Frau verliebt und von ihr abgewiesen, sich aus Liebeskummer erschossen hatte, sofern es nicht die tyrannische Behandlung von seinem Vorgesetzten, einem Hofrat gewesen war, die ihn dazu trieb, wie Pausch/Pausch angeben.[135] Und das in Wetzlar! Dieses Schicksal ließ Goethe im Roman seinem Helden zuteil werden. Seiner Heldin Lotte verlieh er jedoch nicht die ihr von der Natur gegebenen blauen Augen, sondern die feurig schwarzen der Maximiliane. Auf wessen Seite stand sein Herz, muß man danach fragen.

Auch Goethes Verhältnis zu seiner Schwester Cornelia spielt in diesen Roman mit hinein, wie Eissler in seiner *Psychoanalytischen Studie* über Goethe im Kapitel »Cornelia« darlegt und wie auch Sigrid Damm in *Cornelia Goethe* und besonders Brunold Springer in seinem *Schlüssel zu Goethes Liebesleben* betonen. Goethe fühlte sich von Jugend auf mit seiner Schwester in einer Art inzestuöser Liebe verbunden. Er empfand daher Cornelias Verheiratung als einen unersetzbaren Verlust und Verrat. Am liebsten hätte er seine Schwester, die ihm – irrtümlich – als ohne jede sinnliche Regung und nur als zu einer Äbtissin geeignet erschien, immer neben sich gehabt. Denn Cornelia verstand ihn am besten und ging auf alle seine Stimmungen und Marotten ein. Diese zwanghafte Zuneigung hat ihren Niederschlag auch in Goethes Schauspiel *Die Geschwister* gefunden.

Über jene verwickelten Verhältnisse schreibt denn Goethe ganz offen in *Dichtung und Wahrheit*: So wie es den Künstlern gestattet gewesen sei, eine Venus »aus mehreren Schönheiten herauszustudieren«, so habe er sich die Erlaubnis genommen, Gestalt und Eigenschaft seiner Lotte aus »mehreren hübschen Kindern« zu bilden, wenn er auch die Hauptzüge von dem geliebtesten Wesen genommen habe.[136]

Dies ist um so glaubhafter, als Goethe an Kestner in einem Brief vom 16. April 1773 geschrieben hatte – wohl um ihn zu beruhigen –, er hätte das Verhältnis zu Lotte sofort abgebrochen, hätte sie seinem Flehen im geringsten nachgegeben. Welch ein Spiel trieb Goethe danach mit den Gefühlen dieser Frau und, nicht weniger, mit seinem eigenen Herzen! Lotte sah bei ihrem Besuch in Weimar womöglich viel mehr in Goethe hinein, als es der Wahrheit entsprach, weil sie seine Liebesbekundungen in Wetzlar und anschließend im *Werther* zu wörtlich genommen hatte.

Schon bei der ein Jahr vor Lottes Besuch stattgefundenen Begegnung mit ihren beiden Söhnen hatte sich Goethe infolge des Zwiespalts seiner Gefühle sehr reserviert gezeigt. Es waren das Lottes Sohn August, nachmaliger Legationsrat in Rom und Begründer des Kestner-Museums in Hannover, und sein Bruder Theodor, denen sich die Gelegenheit geboten hatte, Goethe während eines Aufenthaltes auf der Gerbermühle bei Frankfurt aufzusuchen. Das war nun eine etwas heikle Situation. Denn Goethe feierte hier bei Marianne von Willemer, seiner Seelenfreundin aus dem *Westöstlichen Divan*, seinen sechsundsechzigsten Geburtstag, während Christiane zu Hause sich wahrscheinlich wieder einmal nach ihm in Sehnsucht verzehrte. Goethe fühlte sich da vermutlich auf einem Seitensprung ertappt. Hiermit ließe es sich jedenfalls erklären, wenn an ihm eine ständige Beobachtung seiner selbst auffiel und er auf Wirkung bedacht war, wie der Sohn August in seinem Tagebuch notiert hat.[137] Erst recht ist es zu verstehen, daß Goethe Distanz hielt und, wenn die Sprache auf Lotte kam, Herzlichkeit nicht aufkommen ließ, auch nicht am zweiten Tag des Besuches. Denn Goethe mußte befürchten, daß derartige Gespräche in seiner Gastgeberin Eifersucht hervorriefen, sowohl gegen die Lotte im Roman wie gegen die gegenwärtige Lotte. So läßt sich auch in diesem Fall das befremdliche Verhalten Goethes durchaus erklären.

Wenn auch Goethes Spiel mit den Herzen verschiedener Frauen einen Vorwurf verdient, so wird man doch sein Verhalten Lotte gegenüber bei ihrem Besuch in Weimar nicht verurteilen können. Goethe sah sich auch hier, wie bei der Begegnung mit ihren beiden Söhnen ein Jahr zuvor, in eine peinliche Lage versetzt. Und er hat sich, folgt man der Schilderung im Roman, mit Anstand aus der Affäre gezogen.

Goethe scheint den ungünstigen Eindruck, den er hervorgerufen hatte, selbst empfunden zu haben, als er acht Jahre später, am 26. Mai 1824, Eckermann beauftragte, wenn er auf seiner Reise in Hannover seine alte Jugendfreundin Charlotte Kestner sehen sollte, Ihr »Gutes« von ihm zu sagen. Grüße hat er ihm jedoch bezeichnenderweise nicht aufgetragen.

Verglichen mit Goethes sonst so gelöstem Auftreten in Gesellschaften, wie es die beigebrachten Zeugnisse belegen, hebt sich sein Verhalten gegenüber dem Besuch Lottes, zufolge der Vorgeschichte sowie den Begleitumständen, wohl als ein Ausnahmefall ab. Welche Bedeutung jedoch Thomas Mann gerade dieser Episode beigemessen hat, geht aus einer Bemerkung in einem seiner früheren Aufsätze »Goethes Werther« in *Goethe im zwanzigsten Jahrhundert* hervor, wo er prognostiziert, daß sich aus dieser Begebenheit eine »nachdenkliche Erzählung, ja ein Roman gründen ließe, der über Gefühl und Dichtung, über Würde und Verfall des Alters manches abhandeln und Anlaß geben könnte zu einem eindringlichen Charakterbild Goethes, ja des Genies überhaupt.«

Gibt nicht schon der Zeitpunkt von Lottes Besuch, ein Vierteljahr nach Christianes Tod, zu Bedenken Anlaß? Lotte war noch nie in Weimar gewesen, auch nicht mit ihrem Mann, als er noch lebte. Wie aus Ruth Rahmeyers Buch hervorgeht, war Charlotte Kestner aber zeit ihres Lebens rührig bemüht gewesen, den Zusammenhalt der Familie zu fördern und scheute zu diesem Zweck auch vor keiner Reise zurück. Warum besuchte sie ihre Schwester und ihren Schwager in Weimar erst zu dieser Zeit? Vielleicht sagte sie sich: Jetzt erst ist er seine Fessel los. Nun aber nicht gezögert! Vielleicht lebt seine alte Liebe wieder auf und er wirft seinen Anker nach mir aus.

Wie steht es, wenn Goethe dieses Spiel durchschaute und mit Tasso zu sich sagte: »So fühlt man Absicht und man ist verstimmt« (*Tasso* 2. Aufzug, 1. Auftritt)?

Wenn auch bei Thomas Manns großer Ehrfurcht vor Goethe seine Darstellung von Ironie durchzogen ist, so erscheint der Fall doch wenig dazu geeignet, gerade hieraus allgemeine Wesenszüge Goethes ableiten zu wollen. Es wäre jedenfalls betrüblich, wenn das in dem Roman entwickelte Goethe-Bild als das endgültig letzte bestehen bleiben sollte, so ergötzlich die Schilderung als solche auch zu lesen ist. Man halte sich vielmehr an die Darstellung, die der Kanzler von Müller von Goethe nach dessen Tod in seinen Reden auf ihn gegeben hat, besonders in der Gedächtnisrede vor der Loge »Amalia« zu Weimar am 9. November 1832. Bei höchster Virtuosität, die Goethe in der Kunst der Unterhaltung besaß, heißt es dort, habe er doch jedem hinlänglich Raum zur eignen Geltendmachung gegeben. Ohne jemals sich ausschließlich hinzugeben, wußte er jedem das beste, was er zu geben vermochte, aufs feinste abzugewinnen. So ehrfurchtgebietend auch Goethes ganzes Wesen blieb, machte er seine Überlegenheit nur in seltenen Fällen geltend und auch dann nur im Gewande humoristischer Ironie. Jeder Polemik war er abhold. Satire und Parodie seien ihm im Innersten verhaßt gewesen, wie der Kanzler betont. Niemand war diskreter als er, niemand verschwiegener. Selbst unbedeutende Tagesereignisse vermied er zu berühren, wenn nur irgend jemand dadurch Schaden oder eine Kränkung erleiden konnte. Eine behutsame Rücksichtnahme auf alle Verhältnisse war ihm nach dem Zeugnis des Kanzlers eigentümlich. Wenn er Einfluß nehmen wollte, so stritt er nicht und opponierte nicht. Seine Mittel waren allein, das Rechte immer wieder von neuem darzustellen und auszuüben.

Ähnliche Züge lassen sich auch in seinem Stil erkennen, zum Beispiel in seiner Lebensbeschreibung. Er geht die Dinge nie direkt an, sondern nähert sich ihnen in Umschreibungen, um das Bild langsam entstehen zu lassen. In allem walten auch da eine zarte Hand und ein überlegener Takt.

Abgesang

Mit welcher Liebe die Menschen in Weimar sieben Jahre später an dem in Thomas Manns Roman so wenig sympathisch geschilderten Goethe hingen, geht auch aus ihrer Reaktion hervor, als Goethe im Februar 1823 auf den Tod erkrankte und man mit seinem Ableben rechnen mußte. Welche Sorge die Menschen ergriff, besagen mannigfache Gefühlsäußerungen, entnommen aus Briefen von Goethes Zeitgenossen aus der Zeit zwischen dem 21. Februar und dem 30. März 1823, im dritten Band von Wilhelm Bodes Sammlung wiedergegeben. Es heißt da unter anderem:

»Der Zustand des großen Mannes, den wir lieben und ehren, hat sich verschlimmert, und nur wenig Hoffnung bleibt uns. Ich kann dies nicht ohne Tränen niederschreiben, da Alles so lebhaft mir vor die Seele tritt, was er uns allen war. Die Nachrichten sind schlimm. Ich sitze und starre vor mich hin. O Gott, was ist Alles auf der Welt! Diese Augen, aus welchen Geist und Leben sprach, werden vielleicht bald sich schließen und blicken nur schwach und unsicher umher. Die Lippen, aus welchen die lieblichste Rede tönte, bewegen sich nur mühsam. Und endlich der Alles umfassendste Geist wird bald nur mühsam die gewöhnlichsten Dinge fassen.«

Nun muß man sich freilich bewußt sein, daß die Menschen zur damaligen Zeit sehr gefühlsselig waren, so daß man ihre Äußerungen nicht mit heutigem Maßstab messen darf. Doch eine tiefe Verbundenheit spricht aus allen ihren Worten. Den Krisentag, den neunten Tag nach Ausbruch der Krankheit, einen Montag, erwarteten alle mit »Furcht und Zittern«; manche fanden deshalb keinen Schlaf, andere bezeichnen ihn als den schwersten Tag ihres Lebens.

Die Freude war um so stürmischer, als die Nachricht von der Überwindung der Gefahr eintraf. Hierfür sei ein Brief der Julie von Egloffstein wiedergegeben, den sie an eine Freundin schrieb:

»Wer beschreibt das Gefühl, womit ich Deinen gestrigen Brief empfing und unter dem gewaltigsten Herzklopfen in der Hand wog? Er mußte aller menschlichen Ansicht nach das Entsetzlichste enthalten. Auch hatte ich ja bereits alle meine Hoffnungen zu Grab getragen ... Mit einem heißen Stoßgebet zu Gott erbrach ich endlich das verhängnisvolle Siegel, entfaltete das gefürchtete Blatt, von dem ich das Schmerzlichste erwartete – und das nun statt dessen nichts als Freude und Wonne durch alle meine Adern goß! Mein erstes Gefühl war die lebhafteste Dankbarkeit gegen Gott. Mein zweites: der geängsteten Mutter die frohe Kunde zuzurufen. Auf dem Fluge zu ihrem Zimmer aber stürzte sie mir schon entgegen, den Brief des Kanzlers hoch in den Lüften haltend. Jubelnd fielen wir einander in die Arme und hielten uns ohne Worte, aber unter den süßesten Tränen, lange umarmt ... Es ist Alles nun vorbei! Unser teurer Freund lebt; er wird leben; er wird uns, der Welt, der Nachwelt noch erhalten werden.«

Auch die Männer, die sich am kritischen Tag in Goethes Haus versammelt hatten, umarmten sich, als der Arzt mit der freudigen Kunde von der überstandenen Krisis zu ihnen hereingehastet kam.

Ein dänischer Kunstwissenschaftler, der dann im Oktober Goethe besucht hatte, schreibt, der junge Landschaftsmaler Preller habe ihm erzählt, es habe in Weimar eine allgemeine Stille geherrscht während Goethe krank war.

Im Juli bereits war Goethe wieder auf der Höhe. In Marienbad, wo er sich zur Kur aufhielt, sprach ihn eine junge Dame aus Berlin an, in Begleitung ihrer Mutter und Tante, vorgestellt von einer Fürstin von Hohenzollern. Sie hatte ihm Grüße von Zelter zu bestellen, dessen Schülerin sie war. Sie schreibt über diese Begegnung mit Goethe am 23. Juli 1823 in ihr Tagebuch:

»Ich habe ihn gesehen! Was will das sagen? Aber dreimal gesehen, ihn gesprochen, seine Hand gehalten, ihn geküßt! Und er hat mir schöne Dinge gesagt. Ich war und bin in einer Extase wie noch nie ... Und wie schön ist er noch jetzt! Ich kann mir nicht helfen, es klingt lächerlich, aber nie sah ich einen schöneren Mann ... Die Augen sind unendlich schön ... Es ist eine Milde darin und ein Feuer; ich habe so etwas noch nie gesehen.«[138]

Goethe war bei dieser Begegnung dreiundsiebzig Jahre alt. Sie fand statt im gleichen Monat, in dem er der neunzehnjährigen Ulrike von Levetzow einen Heiratsantrag machte. Der Besuch seiner Jugendfreundin Lotte hatte dagegen sieben Jahre vorher stattgefunden.

Goethe muß nach diesen Zeugnissen eine ungewöhnli-

Ulrike von Levetzow. Pastellgemälde von unbekannt, undatiert

che, nicht vorstellbare Ausstrahlungskraft besessen haben, wenn sich die Weimarer während seiner Krankheit derart in Sorge um ihn verzehrten, andererseits eine junge Dame von der Erscheinung dieses Dreiundsiebzigjährigen entzückt gewesen war, war es auch nicht die Levetzow, die übrigens, obwohl sie weitere dreizehn Anträge erhalten hatte, wie Johannes Urzidil in seinem Buch *Goethe in Böhmen* mitteilt, in einem Alter von fünfundneunzig Jahren als Stiftsdame starb.[139]

Wie aber ist Goethes Werben um Ulrike von Levetzow zu beurteilen?

Ulrike von Levetzow hatte über ihre Beziehung zu Goethe zwar gesagt, wahre Liebschaft sei es nicht gewesen. Doch hatte sie zu ihrer Mutter geäußert, wenn Goethe ganz allein stünde und sie daher glauben dürfe, ihm nützlich zu sein, da wollte sie ihn nehmen. Hilfsbereitschaft also hätte sie danach zum Altar geführt. Goethe habe aber durch seinen Sohn, der verheiratet sei und bei ihm im Hause lebe, eine Familie, die sie verdrängen würde, wenn sie sich an ihre Stelle setzte. Auch Rücksichtnahme hielt sie zurück. Sie ging danach, wenn sie zusammenfassend sagt, Goethe brauche sie nicht, von der irrtümlichen Vorstellung aus, Goethe sei gut aufgehoben. Das war jedoch ganz und gar nicht der Fall. Zwar nahm seine Schwiegertochter Ottilie auf Grund ihrer musischen Veranlagung regen Anteil an Goethes geistigen Interessen, doch in der Hauswirtschaft ging infolge ihres unsteten Wesens alles durcheinander. Goethe mußte sich deshalb eines Tages die Schlüssel zu den Vorratsräumen geben lassen, um seinerseits Ordnung in die häuslichen Verhältnisse zu bringen. Hätte Goethe der jungen Freundin, statt ihr etwa Vorträge über Mineralien zu halten, seine beklemmende häusliche Lage geschildert und dabei an ihre Hilfsbereitschaft appelliert, dann hätte sich das Mädchen vielleicht zu einer Verbindung entschlossen. Ihre Mutter hatte ihr jedenfalls freie Hand gelassen. So scheint die Sache damals an einem seidenen Faden gehangen zu haben.[140]

In Goethes Armen, der, wie schon betont, nur werbend und dienend, huldigend und schützend, nie fordernd und ereifernd liebte, wäre die junge Dame bald zu einer schönen Frau gereift, von allen bewundert. Wie rücksichtsvoll sich

Goethe seiner Partnerin gegenüber auch im Alltag verhielt, hatte dabei Riemer geschildert.[141] Das höhere Alter Goethes hätte ihr insofern nichts ausgemacht, als sie sich ohnehin nach Männern nicht gerade sehnte, wie die dreizehn anschließend abgewiesenen Freier erkennen lassen. Durch ihre Milde aber – sie wird später als fromm, wohltätig und hausfraulich geschildert – hätte sie bald die Herzen auch ihrer Widersacher gewonnen. Wenn die Hofgesellschaft an ihrer Jugend Anstoß nahm, so war zu bedenken, daß auch sie älter wurde und im Todesjahr Goethes 1832 bereits in ein nach damaligen Anschauungen »gesetztes« Alter von neunundzwanzig Jahren vorgerückt war. Gegen die Herkunft konnte die Gesellschaft diesmal nichts einwenden, da die Dame von Adel war.

Goethes Sohn freilich hatte »pikiert« gedroht, mit seiner Frau nach Berlin zu ziehen, wenn der alte Vater seinen »wahnsinnigen Entschluß« wahrmachen sollte. Wahrscheinlich bangte er dabei auch um seine Erbschaft. Hätte er jedoch von dem großzügigen Angebot des Großherzogs erfahren, der dem Fräulein von Levetzow beim Ableben Goethes eine Pension von 10000 Talern in Aussicht stellte und ihrer Mutter eine hohe Stellung in der Hofgesellschaft versprach, wenn sie nach Weimar kämen, so hätte auch er wahrscheinlich eingelenkt.

Denn der Großherzog beurteilte die Lage ganz anders. Als großer Menschenkenner, der er war, und als Monarch und Freund Goethes wäre er sicher der erste gewesen, der Goethe von seinem Vorhaben abgehalten hätte, wenn ihm die Angelegenheit nicht als realistisch und als für alle Betei-

Klassizistisches Treppenhaus im Schloß von Weimar, erbaut von H. Gentz 1801–1803

ligten fruchtbar erschienen wäre. Er versprach sich aber aus dieser Verbindung neue Impulse für Goethe und damit auch einen Gewinn für den Staat. An der jungen Dame hatte er zudem selbst seine Freude und wünschte sie sich als Zier am Himmel Weimars. Ein Beweis für die Ernsthaftigkeit seiner Einstellung war es, wenn er im Namen Goethes als Brautwerber – offiziell – bei der Mutter um die Hand Ulrikes anhielt, während sich Goethe selbst im Hintergrund hielt.

Läßt man die Möglichkeit einer derartigen Entwicklung in seiner Phantasie vorübergleiten, dann muß man es als ein unberechtigtes Vorurteil bezeichnen, wenn die Welt – damals wie heute – diesen Heiratswunsch Goethes als eine Vermessenheit und einen Fehltritt empfindet.

Goethe hatte übrigens vorher auch die Zustimmung seines ihn behandelnden Arztes eingeholt.

Was aber konnte Goethe veranlaßt haben, trotz der Huldigungen von seiten reifer Frauen, seine Augen gerade auf solch junge Mädchen zu werfen? Schon früher, in einem Alter von nicht ganz sechzig Jahren, war er für Minchen Herzlieb entflammt, der achtzehnjährigen Pflegetochter im Hause Frommann in Jena, das er deswegen vorsorglich verließ. Ganz ebenso war es ihm mit der dreiundzwanzigjährigen Sylvie von Ziegesar 1808 in Karlsbad ergangen. Beide werden als Vorbilder für die Ottilie in den *Wahlverwandtschaften* genannt, dem Roman voller Liebesglut. Vielleicht ist es gerade den höchst entwickelten Menschen vorbehalten, nach dem Grund der Seele in noch jungen Menschen zu spüren, so wie Goethe den Herzensgrund seiner Gretchengestalt im *Faust I* so teilnehmend mit den Worten beschreibt: »Ach, daß die Einfalt, daß die Unschuld nie sich selbst und ihren heil'gen Wert erkennt! Daß Demut, Niedrigkeit, die höchsten Gaben der liebevoll austeilenden Natur–« (Verse 3102–3105). Obwohl Goethe in seinem Wesen von diesen jungen Mädchen gar nicht erfaßt werden konnte, suchte er bei ihnen vielleicht eine Berührung allein mit dem Unterbewußten, also der unverbildeten Natur, ehe diese unter die Kontrolle des Ich-Bewußtseins – mit allen seinen Problemen – geraten war.

Durch die Zurückweisung erlitt Goethes Lebenskurve einen Knick. Er zog sich in sich zurück. Ein Abglanz dieser Liebe ist der Nachwelt in der *Marienbader Elegie* verblieben.

Es war nach allem Aufgeführten sicher keine Übertreibung, wenn am Anfang gesagt wurde, Goethe sei zu seinen Lebzeiten mehr noch durch seine Persönlichkeit berühmt gewesen, als durch seine Werke, die uns heute allein noch gelten. Schon zur Zeit des jungen Goethe hatte Klinger vorausgesagt, die Welt werde noch einmal staunen, daß solch ein Mensch je gelebt habe. Immer wieder liest man die Jahre hindurch, auch wenn man es nicht hören will, bewundernde Ausdrücke wie: Goethe in der vollen Majestät seiner göttlichen Kraft und Gesundheit, mit der Jupiterwürde auf seinem schönen Antlitz usw., wenn dem auch durchaus abfällige Beschreibungen gegenüberstehen. Ulrike von Levetzow hat später geäußert, in Goethes Zügen habe mehr aristokratischer Stolz und mehr Ehrfurchtgebietendes gelegen als selbst in den Zügen eines geborenen Fürsten.

Sogar ein Kind war von Goethe tief beeindruckt worden. Dazu berichtet die Schwester der Ehefrau des Komponisten und Pianisten Hummel am Ende ihres Lebens, sie habe als elfjähriges Mädchen den siebzigjährigen Goethe auf einer Kindereinladung erlebt. Als, wie angekündigt, Goethe kam, habe sie seine Erscheinung – unvergessen – wie ein glänzendes Licht empfunden, und der Löffel mit Schlagsahne sei ihr aus der Hand gefallen.[142]

Um die gleiche Zeit schreibt der Bildhauer Rauch von seinem Eindruck, den er auf einer Durchreise durch Weimar am 18. Juni 1824 von Goethe hatte: Er schäme sich geradezu seiner vor Jahren von ihm gefertigten Büste, weil ihm Goethe jetzt viel jugendlicher erschienen sei.[143] Was die Porträts von Goethe betrifft, so sagt eine Frauenstimme, seine Augen seien am besten auf dem Porträt von Stieler getroffen.

Wenn Goethe den Menschen als der »Olympier« erschien, so beruhte dieser Glanz nicht darauf, daß ihm, wie viele annehmen, die Glücksgüter in den Schoß fielen. Goethe hat im Gegenteil viele Einbußen erlitten, Kummer hinnehmen müssen und hat viel Entsagung geübt. Eckermann gegenüber hat er am 27. Januar 1824 über den Gang seines Lebens bekanntlich geäußert: »Im Grunde ist es nichts als Mühe und Arbeit gewesen, ich kann wohl sagen, daß ich in meinen fünfundsiebzig Jahren keine vier Wochen eigentliches Behagen gehabt. Es war das ewige Wälzen eines Steines, der immer von neuem gehoben sein wollte.« Dabei war es nicht die Poesie allein, die seinen Busen bewegte. Goethe war zugleich wie Faust von dem unbändigen Drang beseelt, zu erkennen, was die Welt im Innersten zusammenhält (*Faust I* Verse 382/383). Ihn interessierten die großen Zusammenhänge. Ruhelos trieb es ihn, in der Natur Entwicklungslinien zu entdecken. So hat er lange Zeit nach der »Urpflanze« gesucht, die ihm den Zusammenhalt in der Welt der Pflanzen offenbaren sollte. Diese Frage beschäftigte ihn zeitweilig so stark, daß er zu gleicher Zeit bestehende dichterische Pläne ganz einfach fahren ließ. In seiner Schrift von der *Metamorphose der Pflanzen* zeigt er sodann in genialer Weise auf, daß alle Bildungen an einer Pflanze wie die Samenblätter, Kelchblätter, Blumenblätter, die Staubfäden, die man bis dahin nur als Einzelerscheinungen registriert hatte (Linné), auf ein Grundorgan, das »Keimblatt«, zurückzuführen sind. Doch blieb er dabei nicht stehen. Bei seinem universellen Denken sah er im Blatt als Grundorgan nicht die letzte Einheit der Pflanze, sondern sagte vielmehr: »Jedes Lebendige ist kein einzelnes, sondern eine Mehrheit. Selbst insofern es uns als Individuum erscheint, bleibt es doch eine Versammlung von lebendigen selbständigen Wesen, die der Idee, der Anlage nach gleich sind ...« Damit hatte Goethe eine Vorahnung von den »Zellen«, deren Existenz erst mit der Vervollkommnung des Mikroskops festgestellt werden konnte.[144] Vielleicht erahnte er mit dem Hinweis auf eine »Idee« und »Anlage« noch weiteres. Mit der Entdeckung des »Zwischenkieferknochens«, die er unabhängig von der gleichlautenden Entdeckung eines französischen Forschers machte, erbrachte er den Beweis für die bis dahin

Goethe. Kopie von Julie Gräfin von Egloffstein nach dem 1828 entstandenen Bildnis von Joseph Karl Stieler gefertigt

schon aus theologischen Gründen bestrittene Behauptung, daß vom höheren Tier zum Menschen eine fortlaufende Entwicklung stattgefunden hat. Zwanzig Jahre lang hatte sich Goethe mit seiner *Farbenlehre* darum bemüht, dem Licht seine Geheimnisse abzutrotzen und abzulauschen. Seine geologischen Streifzüge mit dem Sammeln von Mineralien hatten ihm Einblicke in die in Urzeiten erfolgten Umwälzungen der Erdoberfläche verschafft. Der Grund für Goethes eigene Ausstrahlung dürfte somit zugleich in seinem rastlosen Bemühen gelegen haben, die Lebenserscheinungen zu erforschen und zu erfahren. »Er will immer weiter, immer weiter! immer lernen, immer lernen! und zeigt sich eben dadurch als ein Mensch von einer ewigen, ganz unverwüstlichen Jugend«, sagt Eckermann von dem Sechsundsiebzigjährigen, womit er das Geheimnis von Goethes in die Augen springender Jugendlichkeit anspricht.[145] Sainte-Beuve redet von einer »universalen Wißbegierde« Goethes. Um an dieser Stelle noch eine Notiz des Kanzlers von Müller einzuflechten: So habe Goethe als Erholung nur ein Wechsel in der Tätigkeit gedient.

Infolge seines immerwährenden Strebens konnte Goethe nicht ermüden oder erschlaffen. Noch zwei Monate vor seinem Tod am 27. März 1832 schrieb er am 27. Januar an seinen Freund Zelter in Berlin, ein praktisch-produktiver Sinn halte jung. Im *Faust* kommt derselbe Gedanke in den Schlußworten zum Ausdruck: »Wer immer strebend sich bemüht, / Den können wir erlösen« (Verse 11936/937). Vom Begriff der Tätigkeit leitet Goethe sogar seine Überzeugung von der Fortdauer nach dem Tode ab. Denn wenn er bis an sein Ende rastlos wirke, so sei die Natur verpflichtet, ihm eine andere Form des Daseins anzuweisen.[146]

Im übrigen war es sein Dichterauge, zum Sehen geboren, zum Schauen bestellt, dessen Blick beherrschend über die Welt glitt. Auch umgaben ihn die in ihm verborgene Liebesbereitschaft und Liebesfähigkeit sowie die ihm eigene Güte mit einer Aura.

Ohne daß man es merkte und ohne daß er sich dessen bewußt war, nur durch sein ganzes Wesen, lenkte er die Menschen zum Guten und Schönen, wie Heinrich Voß d. J. im Mai 1806 an einen Unbekannten schrieb.

Goethe nahm in allem das Leben sehr ernst. Er fühlte eine Unzahl von Verantwortlichkeiten gegen sich selbst und andere auf sich lasten, wie er dem Kanzler von Müller gegenüber geäußert hat.[147]

Er war zeitweise von Depressionen heimgesucht und litt an pathologischen Zuständen, an empfindlichen Spannungen, wie das nicht nur Kurt Eissler in seiner *Psychoanalytischen Studie* nachgewiesen hat, sondern wie es unter anderem von Frank Nager in *Der heilkundige Dichter – Goethe und die Medizin* ausführlich dargelegt worden ist. Doch interessiert hier weniger, in die Tiefe zu graben, als zu erkennen, wie Goethe – trotz aller Anfechtungen – sein Leben durch Selbstdisziplin und Streben gestaltet und damit eine Therapie vorgelebt hat, die jeden gesund machen kann. Es war das ein ständiges Stirb und Werde. Heinz Kindermann spricht von Goethes »Überwindungskraft« und dem »Ungebrochenen«. Es darf in diesem Zusammenhang Goethes an anderer Stelle wiedergegebene Äußerung wiederholt werden: Die Hauptsache sei, hatte er hervorgehoben, daß man lerne, sich selbst zu beherrschen. Denn ließe er sich ungehindert gehen, so läge es wohl in ihm, sich selbst und seine Umgebung zugrunde zu richten. Gerade von dieser Seite her muß man es auch verstehen, wenn er sich gegen alles, was ihm als seelisch krankhaft erschien, angstvoll abschirmte, um nicht in den gleichen Zustand zu geraten. So wandte er sich, wie gesagt, mit »Schaudern« von einem Menschen wie Kleist ab, der sich schließlich das Leben genommen hatte. Selbst seine eigenen Texte wie den *Werther* wagte er nicht nochmals zu lesen, um nicht wieder von dem gleichen

Fieber befallen zu werden, das ihn einst lebensgefährdend bedroht hatte.

Wenn, wie schon angedeutet, Pessimismus Goethes Leben zunehmend verdüsterte, so waren das seine Zweifel an der Menschheit überhaupt. Er empfand seine Zeit nach und nach als zum Jüngsten Tage reif, wie er Eckermann gegenüber bekannte.[148] Eine Besucherin sagte von ihm – von Joachim Fest zitiert –, er wirke wie ein »Beobachter ohne Hoffnung und Glauben an reinen Menschenwert«. So hat Goethe nicht die Menschen enttäuscht, wie man es heute gelegentlich hört, sondern die Menschen haben Goethe enttäuscht. In seiner Person hielt er ihnen einen Spiegel vor.

Goethes Tun und Lassen war von Ehrfurcht geleitet. Dazu als Abschluß eine Aufzeichnung der Julie von Egloffstein, der Verehrerin Goethes.[149] Über einen Ausflug mit ihren Angehörigen nach Dornburg zu einem Besuch bei Goethe schreibt die junge Dame:

»Nach manchen scherzhaften Äußerungen ging er allmählich auf die wichtigsten Anliegen der Menschen über ... Er sagte unter anderem: Das Vermögen, jedes Sinnliche zu veredeln und den totesten Stoff durch Vermählung mit der geistigen Idee zu beleben, ist die sicherste Bürgschaft unseres überirdischen Ursprungs, und wie sehr wir auch durch tausend und abertausend Erscheinungen dieser Erde angezogen und gefesselt werden, so zwingt uns doch eine innige Sehnsucht, den Blick immer wieder zum Himmel zu erheben, weil ein unerklärbares tiefes Gefühl uns die Überzeugung gibt, daß wir Bürger jener Welten sind, die so geheimnisvoll über uns leuchten, und wir einst dahin zurückkehren werden.«

»Diese Äußerungen«, schreibt Julie von Egloffstein, »prägten sich meinem Gedächtnis so kräftig ein, daß ich sie bei der Rückkehr nach Weimar wörtlich niederschreiben konnte. Vielleicht liefern sie dereinst, wenn die schwankenden Urteile der Zeitgenossen verstummt sind, einen Beitrag zu der würdigen Charakteristik des großen Meisters. Denn die Vergangenheit ist gerechter als die Gegenwart.«

Anmerkungen

HA = Goethes Werke Hamburger Ausgabe
WA = Goethes Werke Weimarer Ausgabe

1 Eckart Kleßmann: Goethe aus der Nähe, S. 275 f.
2 Siegfried Unseld: Goethe und seine Verleger, S. 518– 528
3 Goethe: Dichtung und Wahrheit, 16. Buch, HA Bd. 10, S. 81
4 Unseld a.a.O., S. 524–526
5 Kleßmann a.a.O., S. 285–287
6 Kleßmann a.a.O., S. 283/284
7 Kleßmann a.a.O., S. 261/262
8 Robert Saitschick: Goethes Charakter, S. 49
9 Effi Biedrzynski: Mit Goethe durch das Jahr 1995, S. 113/114
10 Johannes Urzidil: Goethe in Böhmen, S. 105/106
11 Johann Peter Eckermann: Gespräche mit Goethe. Dritter Teil, 17. März 1830
12 Heinze, Meinhard: Der Jurist Goethe. In: Neue Juristische Wochenschrift, 1982, S. 622–626
13 Wilhelm Bode: Goethe in vertraulichen Briefen seiner Zeitgenossen, Bd. 2, S. 94–96
14 Kleßmann a.a.O., S. 297–302
15 Bode: Briefe, Bd. 3, S. 281–283

16 Gerhard Hoffmeister: Goethe und die europäische Romantik, S. 98–100
17 Nicholas Boyle: Goethe, Bd. I, S. 755–757
18 Goethe: Maximen und Reflexionen, WA Abt. 1, Bd. 42^2, S. 138
19 Goethe: Dichtung und Wahrheit, 13. Buch, HA Bd. 9, S. 590
20 Klaus Gerth: Das Wechselspiel des Lebens, in: Goethe-Jahrbuch, Bd. 113 (1996), S. 105–120
21 Wilhelm Bode: Weib und Sittlichkeit in Goethes Leben und Denken, S. 293 f.
22 Eckermann: Gespräche mit Goethe, vom 9. Oktober 1828
23 Hoffmeister a.a.O., S. 62–66
24 Hoffmeister a.a.O., S. 224
25 Eckermann a.a.O., 15., 18., 21. und 23. Juli 1827
26 Hoffmeister a.a.O., S. 105
27 Eckermann a.a.O., 27. März 1831
28 Eckermann a.a.O., 7. Oktober 1827
29 Karl Otto Conrady: Goethe, Bd. 2, S. 280, 496/497, einbändig S. 762, 968/969
30 Hoffmeister a.a.O., S. 29–31, 206 f.
31 Andreas Wachsmuth: Die 16. »Wiener Vorlesung« Friedrich Schlegels …, in: Goethe-Jahrbuch Neue Folge, Bd. 30 (1968), S. 1 f.
32 Heinz Amelung a.a.O., 2. Ergänzungsband, S. 20–22
33 Nicholas Boyle a.a.O., Bd. 1, S. 562
34 Conrady a.a.O., Bd. 1, S. 347–349, einbändig 327–329
35 Eckermann a.a.O., Dritter Teil, Gespräch vom 15. März 1830

36 Goethe: Belagerung von Mainz, HA Bd. 20, S. 391
37 Goethe: Dichtung und Wahrheit, 11. und 13. Buch, HA Bd. 9, S. 471 u. 565
38 Kants Werke – 1797 – Metaphysische Anfangsgründe der Rechtslehre § 49 E 1
39 Goethe: Maximen und Reflexionen, WA Abt. II, Bd. 42², S. 195
40 Gustav Radbruch: Gestalten und Gedanken, S. 87
41 Emil Ludwig: Goethe, S. 233
42 Goethes Werke, HA Bd. 7, S. 430, 462, 507 f.
43 Goethe: Maximen und Reflexionen. WA Abt. I, Bd. 42², S. 237
44 Daniel Wilson: Geheimräte gegen Geheimbünde, S. 239
45 Wilson a.a.O., S. 265
46 Karl-Heinz Fallbacher: Fichtes Entlassung, S. 114/115
47 Hans Tümmler: Aus Goethes staatspolitischem Wirken, S. 144/145
48 Wilson a.a.O., S. 254
49 Wilson a.a.O., S. 265
50 Karl-Heinz Fallbacher a.a.O., S. 112
51 Wilson a.a.O., S. 259
52 Hans Tümmler: Goethes Briefwechsel mit Christian Gottlob Voigt, Bd. 2, S. 79/80, auf den sich Wilson a.a.O., S. 254 bezieht
53 Wilson a.a.O., S. 17–40
54 Wilson a.a.O., S. 30/31
55 Wilson a.a.O., S. 64/65, 95
56 Wilson a.a.O., S. 145

57 Wilson a.a.O., S. 150
58 Wilson a.a.O., S. 265
59 Wolfgang Martens: Der patriotische Minister, S. 254
60 Wilson: Fürstenbund oder Überwachung? Noch einmal Goethes Beitritt in den Illuminatenorden, in: Goethe-Jahrbuch, Bd. 113 (1996), S. 233–251
61 Jutta Lindner a.a.O., S. 32
62 Deutsche Literaturgeschichte, Bd. 6, Frührealismus 1815–1848, S. 132–134
63 Goethes Briefe. HA Bd. 1, S. 242
64 Urzidil a.a.O., S. 88/89 und S. 144–154
65 Siehe hierzu: Katharina Mommsen: Goethe warum? – Eine Auslese aus Werken, Briefen und Dokumenten
66 Kleßmann a.a.O., S. 303/304
67 Goethe: Dichtung und Wahrheit. 14. Buch, HA Bd. 10, S. 35
68 Unseld a.a.O., S. 534–554; Reich-Ranicki: Betrifft Goethe, S. 71–82
69 Amelungen a.a.O., 3. Ergänzungsband, S. 129
70 Pausch/Pausch: Goethes Juristenlaufbahn, S. 203
71 Martens a.a.O., S. 316
72 Leo Kreutzer: Inszenierung einer Abhängigkeit, in: »Goethe im zwanzigsten Jahrhundert« von Hans Mayer
73 Eckermann a.a.O., Gespräch vom 3. Dezember 1824
74 Eckermann a.a.O., Gespräch vom 14. September 1830 (vom zweiten Brief Goethes ab), sowie die Gespräche vom 6. und 25. und 30. November 1830
75 Der angeführte Briefwechsel Eckermanns mit seiner Braut findet sich in Wilhelm Bode: »Goethe in vertrau-

lichen Briefen seiner Zeitgenossen«, Bd. 3, S. 226, 227, 234, 240, 275–277, 292, 293, 299–301, 309–311

76 Josef Hofmiller: Eckermann, in: Mandelkow: Goethe im Urteil seiner Kritiker, Bd. 4

77 Hofmiller a.a.O., S. 52 u. 55

78 Saitschick a.a.O., S. 40 u. 42

79 Katharina Mommsen: Kleists Kampf mit Goethe, S. 104

80 »Goethes Persönlichkeit«. Drei Reden des Kanzlers Friedrich von Müller, hrsg. u. eingeleitet von Wilhelm Bode. Die dritte Rede ist auch enthalten in: Karl Robert Mandelkow: Goethe im Urteil seiner Kritiker, Bd. II, S. 5–19

81 Helmut Prang: Goethes Mutter. Kleine Chronik einer großen Lebenskünstlerin, München 1949

82 Ludwig Geiger: Frau Rath Goethe. Gesammelte Briefe – mit Anhang Goethes Briefe an seine Mutter, Leipzig o. J.

83 Hoffmeister a.a.O., S. 196–199

84 Baumgartner/Stockmann: Goethe, Bd. 2, S. 433

85 Eckermann a.a.O., vom 30.12.1823

86 Goethe: Maximen und Reflexionen, WA, Abt. II, Bd. 11, S. 118

87 Conrady a.a.O., Bd. 2, S. 362–364, einbändig, S. 838– 841

88 Albert Bielschowsky: Goethe, Bd. 2, S. 447–449

89 Werner Heisenberg: Die Goethesche und Newtonsche Farbenlehre, in: Hans Mayer: Goethe im zwanzigsten Jahrhundert, S. 681 f.

90 Adolf Muschg: Goethe als Emigrant, S. 59

91 Theodor Litt: Naturwissenschaft und Menschenbildung, S. 44
92 Muschg a.a.O., S. 70
93 Jochen Schmidt: Goethe und Kleist, Goethe-Jahrbuch, Bd. 112 (1995), S. 111–119 und 437/438, letzteres als Bericht von Katharina Mommsen
94 Joachim Müller, in: Schmidt a.a.O., S. 154–157
95 Hensel: Spielplan Teil I, S. 447/448
96 Fritz Friedlaender: Heine und Goethe, S. 25
97 Jost Hermand: Der frühe Heine, S. 75
98 Fritz Friedlaender a.a.O., S. 31
99 Goethe: Dichtung und Wahrheit, 12. Buch, HA Bd. 9, S. 540/541
100 Joseph Kruse: Heinrich Heine, S. 12 und 38
101 Johannes Falk: Goethe aus näherem persönlichen Umgang dargestellt, S. 104–118
102 Heinrich Heine: Sämtliche Schriften, hrsg. v. Klaus Briegleb, Bd. 2, S. 405/406 (»Die Bäder von Lucca« Kapitel IV); Gerhard Höhn: Heine-Handbuch
103 Siehe Hoffmeister a.a.O., S. 40
104 Conrady a.a.O., Bd. 2, S. 496/497, einbändig S. 968/969
105 Friedrich Gundolf: Goethe, S. 385
106 Siehe Hoffmeister a.a.O., S. 214
107 Bode a.a.O., Bd. 3, S. 145
108 Bode a.a.O., Bd. 1, S. 428
109 Eckart Kleßmann: Christiane, S. 170/171
110 Bode a.a.O., Bd. 3, S. 135–137
111 Thomas Mann: Reden und Aufsätze, in: Gesammelte Werke, Bd. 9, S. 730

112 Kleßmann a.a.O., S. 22/23; Conrady a.a.O., Bd. 1, S. 490/491, einbändig S. 462/463
113 Kleßmann a.a.O., S. 12
114 Eckermann a.a.O., Dritter Teil, Gespräch vom 2. Januar 1824
115 Emil Ludwig a.a.O., S. 578
116 Conrady a.a.O., Bd. 1, S. 493, einbändig S. 465
117 Conrady a.a.O., Bd. 2, S. 497, einbändig S. 898/899
118 Felix Aaron Theilhaber: Goethe – Sexus und Eros, S. 156/157; Hans Rudolf Vaget: Goethe – Der Mann von 60 Jahren, S. 101/102
119 Kleßmann a.a.O., S. 302–305
120 Boyle a.a.O., S. 302/303
121 Jochen Klauß: Charlotte von Stein, S. 157–162
122 Conrady a.a.O., Bd. 1, S. 331 f. und 520, einbändig S. 311 f.
123 Emil Staiger: Goethe, Bd. 1, S. 308–310
124 Bielschowsky a.a.O., Bd. 1, S. 304–307
125 Jost, Dominik: Deutsche Klassiker. Goethes »Römische Elegien«, S. 84–86
126 Conrady a.a.O., Bd. 2, S. 360, einbändig S. 838; Siegfried Unseld: Goethes Tagebuch – ein höchst merkwürdiges Gedicht, in: Hans Mayer: Goethe im zwanzigsten Jahrhundert; derselbe: »Das Tagebuch« Goethes und Rilkes »Sieben Gedichte«; Hans Rudolf Vaget a.a.O., der 25 weitere Titel angibt
127 Conrady a.a.O., Bd. 1, S. 495/496, einbändig S. 468
128 Kleßmann a.a.O., S. 182/183
129 Boyle a.a.O., Bd. I, S. 679

130 Saitschick a.a.O., S. 51
131 Conrady a.a.O., Bd. 2, S. 426/427, einbändig S. 901
132 Ebenda
133 Ruth Rahmeyer: Werthers Lotte
134 Goethe: Dichtung und Wahrheit, 12. Buch, HA Bd. 9, S. 542
135 Pausch/Pausch a.a.O., S. 163
136 Goethe: Dichtung und Wahrheit, 13. Buch, HA Bd. 9, S. 593
137 Ruth Rahmeyer a.a.O., S. 107–111
138 Lili Parthey, bei Amelung a.a.O., 3. Ergänzungsband S. 19/20
139 Johannes Urzidil a.a.O., S. 177
140 Siehe hierzu die Textsammlung von Jochen Klauß: »Johann Wolfgang von Goethe/Ulrike von Levetzow … Keine Liebschaft war es nicht, S. 7–21
141 Friedrich Wilhelm Riemer: Mitteilungen über Goethe, S. 118
142 Woldemar Frhr. von Biedermann: Goethes Gespräche, Bd. 5, S. 186
143 Biedermann a.a.O., Bd. 3, S. 701
144 Bielschowsky a.a.O., Bd. 2, S. 420–424
145 Eckermann a.a.O., Dritter Teil, Gespräch vom 16. März 1815
146 Eckermann a.a.O., Dritter Teil, 16. April 1825
147 Friedrich von Müller: Unterhaltung mit Goethe am 6. Juni 1824
148 Eckermann a.a.O., Dritter Teil, 12. März 1828
149 Friedrich von Müller a.a.O., 29. April 1818

Literatur

HA = Goethes Werke Hamburger Ausgabe
HAB = Goethes Briefe Hamburger Ausgabe
WA = Goethes Werke Weimarer Ausgabe

Amelung, Heinz: Goethe als Persönlichkeit. Berichte und Briefe von Zeitgenossen, in: Goethes Werke, Propyläen-Ausgabe, Bde. 34–36, Berlin 1914–1925, als »Ergänzungsbände« 1–3 geführt.

Baumgartner, Alexander u. Stockmann, Alois: Goethe. Sein Leben und seine Werke, 2 Bde., Freiburg i.Br. 1913

Berendsohn, Walter A.: Der lebendige Heine im germanischen Norden, Kopenhagen 1935

Biedermann, Woldemar Frhr. von: Goethes Gespräche, hrg. v. Flodoart Frhr. v. Biedermann, Gesamtausgabe in 5 Bänden, Leipzig 1909–1911

Biedrzynski, Effi: Goethes Weimar. Das Lexikon der Personen und Schauplätze, Zürich 1992

Bielschowsky, Albert: Goethe. Sein Leben und seine Werke, 2 Bde., München 1911/1912

Bode, Wilhelm: Goethe in vertraulichen Briefen seiner Zeitgenossen. Auch eine Lebensgeschichte, 3 Bde., Bern 1923/1969

Derselbe: Neues über Goethes Liebe, Berlin 1921

Derselbe: Weib und Sittlichkeit in Goethes Leben und Denken, Berlin 1916

Derselbe: Goethes Sohn, Berlin 1918

Börne, Ludwig: Ludwig Börnes Urteil über H. Heine, Frankfurt a.M. 1840

Derselbe: Briefe aus Paris 1830–1831, Gesammelte Schriften in 16 Bänden, Paris 1833, hier Band 11

Böttiger, Karl August: Literarische Zustände und Zeitgenossen, Leipzig 1838, Berlin 1998

Brion, Marcel: Und jeder Atemzug für dich. Goethe und die Liebe, aus dem Französischen, München 1982

Boyle, Nicholas: Goethe. Der Dichter in seiner Zeit, 1749–1790, Band I, aus dem Englischen, 1991, München 1995

Bürgin, Hans: Der Minister Goethe vor der Römischen Reise. Seine Tätigkeit in der Wegebau- und Kriegskommission, Böhlau 1933

Conrady, Karl Otto: Goethe. Leben und Werk, 2 Bde. Königstein 1982/1985 und einbändige Ausgabe München und Zürich 1994

Damm, Sigrid: Cornelia Goethe, Frankfurt a.M. und Leipzig 1992

Dehmel, Richard: Der Olympier Goethe. Ein Protest, in: Mandelkow, Goethe im Urteil seiner Kritiker, Bd. 3

Deutsche Literaturgeschichte Band 6: Frührealismus 1815–1848, Annemarie und Wolfgang van Rinsum, München 1992

Drews, Jörg: Dichter beschimpfen Dichter. Die ultimative Sammlung aller Kollegenschelten, Zürich 1990, Leipzig 1994

Düntzer, Heinrich: Goethes Leben, Leipzig 1883

Eckermann, Johann Peter: Gespräche mit Goethe, Wiesbaden 1955

Derselbe: Einige Worte über den Rechtsstreit gegen Brockhaus in Betreff der Gespräche mit Goethe, Manuskript Weimar 1846

Eissler, Kurt R., Goethe. Eine psychoanalytische Studie, 1775–1786, aus dem Amerikanischen, 2 Bde., Basel/ Frankfurt a. M. 1983, München 1987

Falk, Johannes Daniel: Goethe aus näherem persönlichen Umgang dargestellt, Berlin 1911

Fallbacher, Karl-Heinz: Fichtes Entlassung. Ein Beitrag zur Weimar-Jenaischen Institutionsgeschichte, in: Archiv für Kulturgeschichte, Bd. 67, Köln und Wien 1985

Femmel, Gerhard und Michel, Christoph: Die Erotika und Priapea aus den Sammlungen Goethes, Frankfurt a.M. 1990

Fest, Joachim: Goethes Fremdheit und Nähe, in: Goethe-Jahrbuch 108 (1991), S. 207–216 sowie in: Fremdheit und Nähe. Von der Gegenwart des Gewesenen, Stuttgart 1996

Fichtes, Johann Gottlieb, Leben und literarischer Schriftwechsel, hrg. v. seinem Sohn J. H. Fichte, 2 Bde. Sulzbach 1830/1831

Friedenthal, Richard: Goethe. Sein Leben und seine Zeit, München und Zürich 1963/1984

Friedlaender, Fritz: Heine und Goethe. Berlin und Leipzig 1932

Geiger, Ludwig: Frau Rat Goethe. Gesammelte Briefe – mit Anhang Goethes Briefe an seine Mutter, Leipzig o. J.

Gerth, Klaus: Das Wechselspiel des Lebens, Ein Versuch, »Wilhelm Meisters Lehrjahre« (wieder) einmal anders zu lesen, in: Goethe-Jahrbuch, Bd. 113 (1996)

Glockner, Hermann: Das philosophische Problem in Goethes Farbenlehre, Heidelberg 1924

Chr. H. G. Koechy, Braunschweig 1823

Goes, Albrecht: Goethes Mutter. Rede zu ihrem 150. Todestag, Frankfurt a.M. 1958

Goethes Briefe – Hamburger Ausgabe in 4 Bdn., Hamburg 1949–1968

Goethes Werke, Hamburger Ausgabe in 14 Bänden (HA), München 1981

Goethes Werke, Weimarer Ausgabe in 46 Bänden (WA), Weimar 1903–1907

Grunwald, Max: Goethe und die Arbeiter, in: Goethe im Urteil seiner Kritiker, Mandelkow: Bd. 3

Gundolf, Friedrich: Goethe, Berlin 1920

Haage, Richard: Thomas Mann »Lotte in Weimar«. Eine Bereicherung unseres Goethe-Bildes? Kiel 1949

Hansen, Volkmar: Thomas Manns Heine Rezeption, Hamburg 1975

Hartung, Fritz: Das Großherzogtum Sachsen unter der Regierung Carl Augusts 1775–1828, Weimar 1923

Hecker, Jutta: Im Schatten Goethes. Eine Eckermann-Novelle, Weimar 1993

Hehn, Victor: Goethe und das Publikum, hrg. v. Eugen Thurnha, Berlin 1988

Heine, Heinrich: Sämtliche Schriften, hrg. v. Klaus Briegleb, München 1968–1976

Heinze, Meinhard: Der Jurist Goethe oder »Ein höfliches Recht will gar nichts heißen«, Neue Juristische Wochenschrift 1982

Heisenberg, Werner: Die Goethesche und Newtonsche Farbenlehre, in: Hans Meyer: Goethe im zwanzigsten Jahrhundert. Spiegelungen und Deutungen, Frankfurt a. M. 1987

Hensel, Georg: Spielplan. Schauspielführer von der Antike bis zur Gegenwart, 2 Bde., Berlin 1966

Hermand, Jost: Der frühe Heine. Ein Kommentar zu den »Reisebildern«, München 1976

Höhn, Gerhard: Heine-Handbuch, Stuttgart 1987

Höpfner, Felix: Wissenschaft wider die Zeit. Goethes Farbenlehre aus rezeptionsgeschichtlicher Sicht, Heidelberg 1990

Hoffmeister, Gerhart: Goethe und die europäische Romantik, München 1984

Hofmiller, Josef: Eckermann, in Mandelkow: Goethe im Urteil seiner Kritiker, Bd.4

Houben, H.H.: Johann Peter Eckermann. Sein Leben für Goethe, Leipzig 1925

Jenisch, Erich: Das Klassische nenne ich das Gesunde, und das Romantische das Kranke. Goethes Kritik der Romantik, in: Goethe-Jahrbuch Nr. 19 (1957) S. 50–70

Jost, Dominik: Deutsche Klassik. Goethes Römische Elegien, Pullach bei München 1974

Kemper, Dirk: »... die Vorteile meiner Aufnahme«. Goethes Beitrittserklärung zum Illuminatenorden in einem ehemaligen Geheimarchiv in Moskau, in: Goethe-Jahrbuch Nr. 111 (1994), S. 315–322

Derselbe: Ideologie und Ideologiekritik: W. Daniel Wilsons Vorwurf der Spitzelei gegenüber Goethe, in: Goethe-Jahrbuch 112 (1995), S. 383–397

Kindermann, Heinz: Das Goethebild des XX. Jahrhunderts, Wien-Stuttgart 1952

Klauß, Jochen: Charlotte von Stein, Zürich 1995

Derselbe: Johann Wolfgang von Goethe / Ulrike von Levetzow »... keine Liebschaft war es nicht«, Eine Textsammlung, Zürich 1997

Kleßmann, Eckart: Christiane. Goethes Geliebte und Gefährtin, Zürich 1993

Derselbe: Goethe aus der Nähe. Berichte von Zeitgenossen, München und Zürich 1994

Kreutzer, Leo: Inszenierungen einer Abhängigkeit. Johann Peter Eckermanns Leben für Goethe, in: Hans Mayer: Goethe im zwanzigsten Jahrhundert. Spiegelungen und Deutungen, Frankfurt a. M. 1987

Kruse, Joseph Anton: Heinrich Heine. Leben und Werk in Texten und Bildern, Frankfurt a. M. 1983

Kühn, Paul: Die Frauen um Goethe, Salzburg 1949

Lavater-Sloman, Mary: Der strahlende Schatten. Goethes Eckermann, Zürich und Stuttgart 1959

Leisegang, Hans: Goethes Denken, Leipzig 1932

Lindner, Jutta: Ästhetische Erziehung. Goethe und das Weimarer Hoftheater, Bonn 1991

Litt, Theodor: Naturwissenschaft und Menschenbildung, Heidelberg 1968

Lipps, Hans: Goethes Farbenlehre, Leipzig 1939

Ludwig, Emil: Goethe, Volksausgabe Stuttgart und Berlin 1924

Mandelkow, Karl Robert: Goethe im Urteil seiner Kritiker, 4 Bde. München 1975–1984

Mann, Thomas: Adel des Geistes. Sechzehn Versuche zum Problem der Humanität, Frankfurt a.M. 1967

Derselbe: Lotte in Weimar. Roman, Stockholm 1967

Derselbe: Gesammelte Werke in 13 Bänden, Frankfurt a.M. 1960–1974

Martens, Wolfgang: Der patriotische Minister. Fürstendiener in der Literatur der Aufklärungszeit, Weimar, Köln, Wien 1996

Derselbe: Goethe im zwanzigsten Jahrhundert. Spiegelungen und Deutungen, Frankfurt a.M. 1987

Mayer, Hans: Goethe. Ein Versuch über den Erfolg, Frankfurt a.M. 1913

Mein Goethe. Günter Kunert, Siegfried Lenz, Peter Rühmkorf, Wolf-Dietrich Schnurre, Martin Walser, Gabriele Wohmann, Frankfurt a.M. 1982

Minde-Ponet, Georg: Kleists letzte Stunden, Teil I: Das Aktenmaterial, Berlin und Leipzig 1925

Moebius, Paul Julius: Über das Pathalogische bei Goethe, Leipzig 1898

Mommsen, Katharina: Goethe – warum? – Eine Auslese aus Werken, Briefen und Dokumenten, hrsg. und mit einem Nachwort von Katharina Mommsen, Frankfurt a.M. 1984

Dieselbe: Kleists Kampf mit Goethe, Heidelberg 1974

Müller, Friedrich von: Drei Reden, gehalten in den Jahren 1830–1832, hrg. und eingeleitet von Wilhelm Bode, Berlin 1901

Derselbe: Unterhaltungen mit Goethe, hrg. von Renate Grumbach, München 1959/1982

Müller, Joachim: Goethe und Kleist, in: Goethe und seine großen Zeitgenossen, Sieben Essays, hrg. von Albert Schaefer, München 1968, S. 140–165

Muschg, Adolf: Goethe als Emigrant, Frankfurt a. M. 1986

Nager, Frank: Der heilkundige Dichter – Goethe und die Medizin, Zürich und München 1990

Oswald, Wilhelm: Goethe, Schopenhauer und die Farbenlehre, Leipzig 1908

Pausch, Alfons und Pausch, Jutta: Goethes Juristenlaufbahn, Köln 1996

Prang, Helmut: Goethes Mutter. Kleine Chronik einer großen Lebenskünstlerin, München 1949

Radbruch, Wilhelm: Gestalten und Gedanken. Acht Studien, Leipzig 1944

Rahmeyer, Ruth: Werthers Lotte. Die Biographie der Lotte Kestner, Hannover 1994

Reich-Ranicki, Marcel: Die Anwälte der Literatur, Stuttgart 1994

Derselbe: Betrifft Goethe, Zürich und München o. J.

Remer, Paul: Die freien Rhythmen in Heinrich Heines Nordseebildern, Diss. Rostock 1889

Rinsum, Annemarie und Wolfgang van: Frührealismus 1815–1848, siehe auch Deutsche Literaturgeschichte Band 6

Riemer, Friedrich Wilhelm: Mitteilungen über Goethe, Berlin 1913

Saitschick, Robert: Goethes Charakter – Eine Seelenschilderung, Stuttgart 1898

Schaeffer, Emil und Göres, Jörn: Goethe. Seine äußere Erscheinung. Literarische und künstlerische Dokumente seiner Zeitgenossen, Frankfurt a.M. 1914/1980

Schöne, Albrecht: Goethes Farbentheologie, München 1987

Schönherr, Hartmut R.: Einheit und Werden. Goethes Newton-Polemik als systematische Konsequenz seiner Naturkonzeption, Diss. Würzburg 1993

Seele, Astrit: Frauen um Goethe, Reinbek bei Hamburg 1997

Spranger, Eduard: Goethe über sich selbst, in: Hans Mayer: Goethe im zwanzigsten Jahrhundert. Spiegelungen und Deutungen, Frankfurt a.M. 1987

Springer, Brunold: Der Schlüssel zu Goethes Liebesleben, Berlin 1916

Staiger, Emil: Goethe, 3 Bde., Zürich und Freiburg i. Br. 1953 / 1959

Teilhaber, Felix Aaron: Goethe – Sexus und Eros, Berlin 1929

Tümmler, Hans: Aus Goethes staatspolitischem Wirken, Weimar 1952

Derselbe: Goethes Briefwechsel mit Christian Gottlob Voigt, 4 Bde., Weimar 1954, in: Schriften der Goethegesellschaft Bd. 54

Derselbe: Goethe in Staat und Politik, Köln und Graz 1964

Unseld, Siegfried: »Das Tagebuch« Goethe und Rilkes »Sieben Gedichte«, Frankfurt a.M. 1978

Derselbe: Goethe und seine Verleger, Frankfurt a. M. und Leipzig 1991

Urzidil, Johannes: Goethe in Böhmen, Zürich / Stuttgart 1962

Vaget, Hans Rudolf: Goethe – Der Mann von 60 Jahren, Königstein 1982

Völker, Werner: Der Sohn August von Goethe, Frankfurt a.M. und Leipzig 1992

Wachsmuth, Andreas: Die 16. »Wiener Vorlesung« Friedrich Schlegels und Goethes Erwiderung, in: Goethe-Jahrbuch Neue Folge, Bd. 30 (1968)

Walser, Martin: In Goethes Hand. Szenen aus dem 19. Jahrhundert, Frankfurt a.M. 1982

Wilson, Daniel: Geheimräte gegen Geheimbünde. Ein unbekanntes Kapitel der klassisch-romantischen Geschichte Weimars, Stuttgart 1991

Zapfel, Edith: Thomas Mann: »Lotte in Weimar«, Diss. Wien 1950

Namenregister

Die kursiven Ziffern verweisen auf Abbildungen im Text.

Sachregister

NOTIZEN

Notizen

NOTIZEN

**Vom selben Autor
sind im Jahn & Ernst Verlag
21073 Hamburg-Harburg
erschienen:**

Der Siegeszug der Landschaftsmalerei
Eine Entwicklungsgeschichte der
Landschaftsmalerei in Europa -
mit über 150 Abbildungen

Die Ausführungen beginnen mit den Holländern und Lorrain und leiten von den weiteren Lyrikern der Landschaftsmalerei wie Gainsborough, Turner, Constable, den Barbizonmalern wie besonders Daubigny und Corot über zu den französischen und deutschen Impressionisten, zu van Gogh, Gaugin, Cézanne sowie den Fauves und Expressionisten. Caspar David Friedrich ist ein eigener Platz eingeräumt worden.

15 Balladen
und ihre geschichtlichen Hintergründe

Balladen von Schiller und Goethe, von Heine, Lenau, Mörike, Fontane, Liliencron - mit all ihren Schrecknissen.